A MISTERIOSA CONFEITARIA DA MEIA-NOITE

A MISTERIOSA CONFEITARIA DA MEIA-NOITE

시간이 멈춰 선 화과자점, 화월당입니다

LEE ONHWA

Tradução do coreano
JULIANE FERREIRA DA SILVA SANTOS

Publicado mediante acordo com Eric Yang Agency via Randle Editorial & Literary Consultancy.

Esta publicação recebeu o apoio de Literature Translation Institute of Korea (LTI Korea).

A Editora Paralela é uma divisão da Editora Schwarcz S.A.

Grafia atualizada segundo o Acordo Ortográfico da Língua Portuguesa de 1990, que entrou em vigor no Brasil em 2009.

TÍTULO ORIGINAL 시간이 멈춰 선 화과자점, 화월당입니다

CAPA E ILUSTRAÇÕES DE CAPA E DE MIOLO © Naye

PREPARAÇÃO Luis Girão

REVISÃO Érika Nogueira Vieira e Luíza Côrtes

Dados Internacionais de Catalogação na Publicação (CIP)
(Câmara Brasileira do Livro, SP, Brasil)

Onhwa, Lee
A misteriosa confeitaria da meia-noite / Lee Onhwa ; tradução do coreano Juliane Ferreira da Silva Santos. — 1ª ed. — São Paulo : Paralela, 2025.

Título original: 시간이 멈춰 선 화과자점, 화월당입니다.
ISBN 978-85-8439-483-8

1. Ficção sul-coreana I. Título.

25-281964 CDD-895.73

Índice para catálogo sistemático:
1. Literatura sul-coreana 895.73

Cibele Maria Dias – Bibliotecária – CRB-8/9427

EDITORA SCHWARCZ S.A.
Rua Bandeira Paulista, 702, cj. 32
04532-002 — São Paulo — SP
Telefone: (11) 3707-3500
editoraparalela.com.br
atendimentoaoleitor@editoraparalela.com.br
facebook.com/editoraparalela
instagram.com/editoraparalela
x.com/editoraparalela

Sumário

1

Portas abertas

Embora a vida seja passageira, os laços permanecem.

Essas foram as últimas palavras da vovó. No dia em que ela partiu, após completar sua jornada pela vida, o céu estava ensolarado. Até a morte, como uma homenagem àquela que sempre foi tão simples e serena, derramou-se sobre ela na forma de raios de sol. Naquele dia de primavera, em que as flores silvestres estavam excepcionalmente belas, não derramei uma única lágrima.

Mesmo com a partida da vovó, havia muitas coisas que eu, aos meus vinte e seis anos, podia fazer ao longo de um mês. Comi, cortei o cabelo, troquei as pilhas do relógio parado... Enquanto eu seguia com a vida, fingindo ser forte, o tempo seguia seu próprio curso. O simples fato de que, independentemente da morte de alguém, o ontem se torna hoje, e o hoje se torna amanhã, era algo que já tinha aprendido havia muito tempo.

Até no momento de sua morte, vovó cruzou os braços sobre o peito de forma elegante e repousou em paz. Uma mulher sempre cuidadosa e impecável em tudo. Por isso, os vestígios que ficaram de sua vida foram fáceis de organizar.

— Yeonhwa, como você está?

— Bem. Acho que agora consegui colocar meus sentimentos em ordem.

— Você sempre fala que está bem. Isso me deixa ainda mais preocupada — resmungou Iryeong, que estava me ajudando com a mudança, estendendo um lencinho.

Por sorte, não precisei me forçar a segurar as lágrimas. Elas simplesmente não vieram. Não era como se eu não estivesse triste. A morte da minha avó, um mês antes, tinha sido como um raio que caiu de repente na minha vida, e é claro que foi doloroso. Mas, de alguma forma, não senti vontade de chorar. Por já ter perdido meus pais em um acidente de carro quando era criança, parece que criei certa resistência a despedidas.

O fato de ter me tornado uma adulta que consegue superar todo tipo de coisa não era bem um motivo de alegria.

— Iryeong, pra comemorar a mudança, o *jjajangmyeon* é por minha conta!

— Aí sim!

— E de acompanhamento? *Tangsuyuk*? *Kkanpunggi*?

— O mais caro.

— Tudo bem, mas só hoje, viu?

Queria comer algo gostoso para marcar o dia em que preenchi completamente um espaço que era só meu com a minha própria vida. Quando vovó estava viva, deixei de pedir *tangsuyuk* com o *jjajangmyeon* várias vezes, por sentir que seria julgada, mas naquele dia eu pediria algo ainda mais caro: *kkanpunggi*! *De agora em diante, viverei com garra e alegria. Eu consigo!*, pensei.

Pedir comida chinesa para um almoço atrasado no meio da semana foi uma excelente escolha. Os pratos chegaram em menos de meia hora, e Iryeong abriu a porta toda alegre.

Dois pratos: *kkanpunggi*, exalando seu aroma meio picante e adocicado, e *ganjjajang*, que é uma variação do *jjajangmyeon* com o molho mais espesso, e aquele estava com um brilho especialmente convidativo. A pasta de feijão-preto fermentado, que cobria com cuidado os fios amarelados do macarrão de trigo, emanava um cheiro marcante de óleo. Os ovos, com as bordas levemente tostadas, também eram de dar água na boca. Achei que dava para ficar ainda melhor, então salpiquei pimenta em pó e sementes de gergelim por cima. Quando fui fazer o mesmo na porção de Iryeong, ela engoliu em seco, como um cachorrinho ansioso pela comida. Foi tão fofo que parei de propósito.

— Anda logo e coloca isso!

— Pede "por favor".

— Me dá logo, por favor! Aff.

— Haha. Tá bom, vamos comer.

Fomos com tudo, quase enfiando o nariz nas tigelas. Por um tempo, o único som era o dos fios de macarrão sendo sugados. O *ganjjajang* estava tão delicioso que até comentários banais como "esse restaurante é ótimo, vamos pedir mais vezes" foram deixados de lado por nós. Ele e o *kkanpunggi*, com seu tempero ligeiramente azedo, formavam a combinação perfeita.

Comendo assim, entreguei-me completamente ao momento, sem me preocupar se engordaria ou se havia gastado demais com comida. É dessa forma que quero viver de agora em diante. Sem pensar em tristezas ou saudades.

— O que você vai fazer com a Hwawoldang?

— Amanhã vou encontrar o advogado para tratar da herança. Ele entrou em contato dizendo que a vovó já o tinha contratado há um tempão.

— Não pensa em assumir o negócio? Você sabe fazer doces, aprendeu só de olhar!

— Que negócio, que nada! Preciso me preparar para passar no concurso de alguma estatal. A essa hora, aposto que minha avó, minha mãe e meu pai estão lá no céu fazendo oferendas para que eu consiga um bom emprego.

A Hwawoldang, uma loja de doces tradicionais japoneses *wagashi*, foi passada de geração em geração no lado materno da família: da minha tataravó para a bisavó, da bisavó para a vovó, sendo a única mudança a decoração da loja, adaptada ao gosto de cada uma. Originalmente, mamãe seria a próxima a assumir a confeitaria, porém, como ela faleceu quando eu tinha nove anos, vovó teve que continuar tocando o negócio. Vivendo apenas com minha avó, até o quinto ano eu passava bastante tempo na Hwawoldang, mas, depois que comecei o fundamental II, quase não dei as caras por lá.

Resumindo, eu não conhecia bem a Hwawoldang de agora. Em uma época na qual mal sabemos o nome do vizinho ao lado, o conceito de negócio familiar parecia algo distante para mim, então acabei perdendo o interesse. Além disso, a vovó vivia dizendo:

Yeonhwa, você tem que viver bem.

Viver bem. Isso não significa conseguir um bom emprego e ter uma vida de aparências como uma mulher-feita? Pelo que ouvi, vários prédios ao redor da loja foram demolidos, e o número de clientes caiu drasticamente. Para piorar, nunca houve muita procura por confeitos japoneses mais clássicos, como os *wagashi*. Hoje em dia, as pessoas preferem doces como macarons e madeleines. Por isso, a Hwawoldang estava praticamente às moscas.

— Se a confeitaria tiver clientes fiéis, eles com certeza sentirão falta — comentou Iryeong enquanto mastigava um pedaço de rabanete em conserva para limpar o paladar.

— Não deve ter nenhum. Minha avó era uma pessoa noturna e costumava abrir a loja no meio da noite. Se bobear, era por isso que os negócios não iam bem.

— Que incrível! É tipo *Midnight Diner*!*

* Refere-se ao drama televisivo japonês *Shinya shokudō*/ *Midnight Diner*, que por sua vez é baseado em um mangá de mesmo nome. Já teve diversas adaptações, sendo a mais recente lançada pela Netflix em 2016. (N. T.)

— Só que o restaurante do *Midnight Diner* pelo menos faz sucesso...

— Mas por que ela abria tão tarde?

Nas minhas memórias, vovó estava sempre moldando massa de doce até altas horas. Muitas vezes eu tomava café da manhã sozinha, já que ela só costumava se levantar perto da hora do almoço. Assim, quase não tínhamos tempo para conversar. Quando o sol se punha, havia dias em que minha avó pincelava molho de soja sobre bolinhos de arroz recheados, e outros em que tingia a massa de arroz glutinoso de cinco cores diferentes. Ela nunca me disse por que fazia isso tão tarde da noite. Para mim, seu silêncio era difícil e desconfortável, o que acabou criando uma barreira emocional entre nós.

Com medo de que ela me achasse incômoda, vivi sem fazer perguntas sobre aquilo que despertava minha curiosidade.

— Você é a neta e não sabe?

— Pois é, não sei.

— Então aproveita essa oportunidade para descobrir mais sobre ela.

Em resposta, dei um sorriso fraco e só balancei a cabeça. Conhecer alguém mais a fundo seria legal, mas como fazer isso sem a pessoa por perto? Como é possível conhecer melhor alguém que já se foi?

— Você não sabia? As lembranças sempre encontram um jeito de preencher os espaços em branco.

— É mesmo?

Se eu preenchesse as lacunas que a vovó deixou na própria vida, como sugeriu Iryeong, será que conseguiria viver como alguém mais forte? Queria superar completamente a falta dela, sem deixar nem mesmo uma sombra de tristeza para trás. Rastrear suas pegadas enquanto resolvia a questão da Hwawoldang seria, então, minha forma de homenageá-la.

— Tá certo, por que não? Vou tentar! — declarei com uma voz enérgica, cheia de determinação.

Ao ouvir minha decisão, Iryeong sorriu radiante, como que contagiada pelo meu entusiasmo. Com uma amiga que me dava tanta força, não me sentia sozinha.

Eu posso, eu consigo! Fechei os punhos com firmeza e, como de costume, fiz essa promessa para mim. Senti um calor reconfortante, como se alguém estivesse me dando tapinhas de encorajamento no ombro.

O advogado encarregado do processo de inventário era um homem de uns cinquenta anos que administrava um pequeno escritório perto da Hwawoldang. Mesmo no fim de um dia útil, ele exibia um terno azul-marinho impecável, sem um único vinco, e sobrancelhas bem aparadas. Uma imagem que transmitia confiança. Após revisar toda a documentação que eu havia trazido, ele retirou um maço de papéis do cofre.

— Sinto muito pela sua perda, srta. Hong Yeonhwa. Antes de mais nada, gostaria de expressar minhas mais sinceras condolências — começou o homem em um tom de voz cortês, enquanto me oferecia uma xícara de café e seu cartão de visita. — Conforme informado, vou tratar dos bens deixados pela sra. Im Yunok.

O café era solúvel, mas a proporção entre a água e o pó estava perfeita, o que o tornava inusitadamente saboroso. Depois de dois pequenos goles seguidos, cumprimentei o advogado com uma leve reverência.

— Se eu herdar a Hwawoldang, pretendo vendê-la imediatamente.

— Seria por causa das dívidas deixadas pela falecida, correto?

— O quê?

Quase cuspi o café de volta no copinho de papel. Dívidas? Minha avó tinha dívidas? Ela nunca mencionou nada. Tinha resolvido vender a loja porque não queria administrá-la, não para pagar dívidas!

— Parece que, desde a abertura da Hwawoldang, o estabelecimento esteve em déficit, e foram necessários empréstimos para mantê-lo aberto. Não sabia disso?

— De quanto estamos falando?

— Cem milhões.

— Quanto?

— Cem milhões.

Ah, vovó... O que foi quc acabei de ouvir? Cem milhões? Dez milhões de wons já teriam me deixado apavorada, mas *cem milhões*? Diante de uma quantia absurda, soltei uma risada irônica. Minha avó nunca teve grandes ambições para o negócio, tinha até de menos. Mas acumular uma dívida de cem milhões? Isso não é ir longe demais?

Vamos lá, Yeonhwa, mantenha a calma. Se tiver um treco agora, será apenas uma devedora de cem milhões de wons estirada num leito de hospital.

— Hahaha... Que surpresa. Cem milhões, haha... Mas, vendendo a confeitaria, dá para quitar a dívida, certo?

— Infelizmente, a Hwawoldang não será aceita por nenhuma imobiliária como propriedade à venda no momento.

— O quê? E por que não?!

— A localização não é favorável. E há muitos boatos de que o lugar é mal-assombrado. Não sei se já percebeu, mas não há nenhuma casa perto da loja. Além disso, monges e xamãs vivem frequentando o local. Praticamente todo mundo na vizinhança sabe disso. A não ser que anuncie a um preço muito abaixo do valor de mercado, ninguém vai querer comprar.

Deus! Tenha misericórdia! Sou apenas uma jovem inocente que acabou de ser lançada no mundo. Sem perceber, apertei o copinho até amassá-lo. Só quando viu o estado do copo em minha mão é que o advogado me estendeu mais um documento.

— Por isso, a sra. Im Yunok deixou algumas condições. Por favor, leia.

Para Yeonhwa.

Yeonhwa querida, se você está lendo esta carta, significa que eu já não estou mais neste mundo. Sinto muito por partir sem ter lhe ensinado muitas coisas durante o meu tempo na terra. Mas não se preocupe. Deixei na Hwawoldang tudo de que você vai precisar. Com "o que encontrar lá", você conseguirá quitar a dívida de cem milhões. No entanto, há algumas condições:

Primeira: você deve administrar a Hwawoldang pessoalmente por, no mínimo, um mês.

Segunda: a loja deve funcionar das 22 horas à meia-noite.

Terceira: viva esperando.

Era o tipo de carta que eu só tinha visto jogando *escape room* com meus amigos... O advogado explicou que a transferência do patrimônio e os direitos sobre a Hwawoldang poderiam ser processados imediatamente, mas que o tal "o que encontrar lá", deixado pela vovó, seria entregue por uma terceira parte apenas quando eu cumprisse todas as três condições listadas. Caso as condições fossem desobedecidas, "o que encontrar lá" seria doado à comunidade local, conforme a vontade da falecida.

Não, espera aí. Então quer dizer que, de uma hora para outra, virei uma caloteira falida, com uma dívida de cem milhões? Vovó, por acaso fiz algum mal à senhora durante a sua vida? Será que fui achada no lixo? Por que isso tinha que acontecer comigo?! Sou do tipo impaciente. Se algo me desperta curiosidade, sinto a necessidade quase incontrolável de entender tudo na mesma hora. Foi exatamente por isso que nunca consegui me aproximar da minha avó em vida: ela não acompanhava o meu ritmo. E agora, deixou um problema nada simples de resolver no meu colo e foi embora.

2

Senbei de chocolate

Enquanto todos já estavam deitados em suas camas, aguardando o amanhã, eu permanecia parada em frente à entrada da loja.

As três sílabas HWA-WOL-DANG no letreiro néon se iluminavam em rosa, lembrando uma flor de cerejeira no meio da noite. Uma pequena casa térrea reformada e convertida numa confeitaria de *wagashi*, repleta de itens decorativos em tons de amarelo, vermelho e azul. Era como a versão asiática da casa de doces de João e Maria. Em uma das paredes, em caracteres chineses, estavam escritas as palavras “despedida” e “bênção”. Abaixo delas, um dragão destemido flutuava em uma pintura. Tudo parecia um amuleto.

Depois de tanto tempo, tudo me parecia diferente. Explicar as coisas nunca foi o forte da vovó. Como adulta, podia ser admirável, mas como familiar, não podia ser mais complicada. Ela, que me criou sozinha desde os meus nove anos, às vezes parecia evitar de propósito as tentativas de aproximação da neta pequena.

Por isso, muitas vezes optei pelo silêncio indesejado. Com medo de que me julgasse impertinente se brincasse com ela como faria com uma amiga. Em casa, sempre me contive, sem poder ser eu mesma. E a Hwawoldang, administrada por alguém tão difícil, também se tornou um negócio difícil para mim.

— É só quitar a dívida que eu vendo isso imediatamente...

Folhas e poeira haviam se acumulado na tigela de aço inoxidável deixada na fachada da confeitaria. As folhas vinham da grande árvore em frente à loja, e a poeira, de visitantes que chegavam de todos os cantos do mundo. Provavelmente, essa tigela pertencia a algum bichinho sem dono. A primeira coisa que fiz foi lhe devolver sua utilidade.

— Miaauu.

De longe, na esquina, apareceu um gato todo preto. Não havia sequer uma remela em seus olhos amarelo-vivos. Seus pelos, que brilhavam sob a luz néon, estavam excepcionalmente limpos. Como se sentisse falta do toque de alguém, ele ajeitava o próprio pelo com a pata dianteira.

Pisando no chão rangente da Hwawoldang, caminhei devagar até o balcão. Havia um livreto sobre o móvel, que abri com cuidado.

Receitas da Hwawoldang: 1. Senbei

Eu costumava assar doces em casa quando estava entediada. No início de cada semestre, distribuir confeitos para impressionar os colegas e ganhar pontos com isso era um evento anual. Por isso, fazer doces *wagashi* em si não era algo estranho para mim. O problema era alcançar o nível de qualidade da minha avó.

Conhecido na Coreia como *jeonbyeong*, o *senbei* é um doce feito com massa de farinha de trigo assada em formato achatado, muito popular em toda a Ásia. As bordas devem ser crocantes, e o centro é polvilhado com alga verde, deixando o sabor um pouco salgado — o que eu particularmente não gosto. Talvez, com outro ingrediente, ficasse melhor...

Naquele momento, o sino de metal pendurado na porta de vidro da entrada soou.

— Ah, parece que finalmente abriu?

Nem trinta minutos tinham se passado desde que abrira a loja, mas parecia que já havia um cliente. Apressei-me em amarrar o avental, preparando-me para recebê-lo. Mas não tinha nada pronto, nada para vender.

— Peço desculpas, mas ainda estamos nos preparando para abrir. Se puder voltar mais tarde...

— Então era mesmo verdade que a neta assumiria a loja.

O cliente, que de repente falou como se me conhecesse, era um homem alto, de braços e pernas excepcionalmente finos e longos. Ele não estava em nenhuma de minhas lembranças. Sua testa branca e arredondada ficou à mostra quando ele passou a mão direita pelos longos cabelos, quase chegando aos ombros. Os olhos, oblíquos e penetrantes, lembravam os de uma cobra, mas não passavam a impressão de serem dissimulados.

— Já que está reabrindo depois de tanto tempo, deveria começar tirando o pó. Aqui, especialmente, acumula bastante.

O homem correu o indicador sobre o armário de madrepérola no canto direito da loja. Estendendo o dedo sujo, sorriu de maneira espirituosa, o que destacou ainda mais seus longos cílios. Parecia ser alguém que visitava o lugar com frequência. A poeira branca em sua mão me deixou sem graça, então peguei rapidamente um pano.

— Mas quem é você...?

— Sou Sawol, fornecedor de ingredientes. É melhor você ser boazinha comigo daqui pra frente.

— Oi?

— Brincadeira.

O desconhecido, cujo nome evocava o cheiro da primavera, soltou uma risada do nada. Em seguida, entregou-me um caixote com insumos e utensílios necessários para a confeitaria.

Provavelmente, ele fazia negócios com a vovó desde a época que ela administrava a loja. Mas que tipo de fornecedor aparece assim, à noite...? Os jovens de hoje em dia são mesmo dedicados, hein?

— Você pode me pagar tudo no final do mês. Sem descontos, sem brindes e nada de promoções "compre um, leve outro". Ok?

— Não pedi nada disso.

— Só estou dizendo que tentar dar uma de espertinha não vai funcionar comigo. Hahaha!

Numa noite tranquila como aquela, ele devia ser a única pessoa rindo alto daquele jeito. Sawol parecia tão satisfeito consigo mesmo que ria sozinho, mostrando a goela e até as amígdalas com a boca escancarada. Passava todos os dez dedos pelos cabelos repetidas vezes, num gesto um tanto exagerado.

— Tudo bem. Se me der os recibos, farei o pagamento do valor total no fim do mês.

— Você aprendeu a administrar a loja com a sua avó?

— Não, nunca...

— Então também não sabe quem eu sou, certo?

— Você não disse que era o fornecedor?

Sawol inclinou a cabeça para mim. Seu cabelo espesso estava a ponto de tocar minha bochecha. Aturdida com a proximidade física, recuei imediatamente, e ele, ao perceber minha reação, apenas deu de ombros.

— Você é a Yeonhwa, não é? Hong Yeonhwa.

— Sabe o meu nome?

— É claro que sei. Lembre-se bem disso: os ingredientes que te dei não podem ser compartilhados com ninguém. Eles são extremamente especiais.

O sino de metal tocou de novo. Desta vez, uma mulher de meia-idade usando um vestido estampado com flores amarelas entrou. Pelos olhos inquietos e o movimento de cabeça, olhando ao redor com hesitação, estava claro: era definitivamente uma cliente. Assim que percebeu a presença dela, Sawol abaixou a voz e sussurrou:

— Na verdade, sou um xamã e também sei sobre o tal "o que encontrar lá" do testamento da sua avó.

— O quê? Está falando sério?

Ele riu inocentemente, como uma criança, me deu as costas e saiu antes que eu pudesse perguntar o que estava acontecendo. Enquanto ele deixava a confeitaria, nossos olhos se encontraram, e Sawol arqueou as sobrancelhas espessas e me deu uma piscadela.

Será que era um maluco? Por algum motivo, aquilo me aborreceu. Estava prestes a lançar um olhar fulminante para suas costas, mas logo relaxei a expressão ao lembrar da cliente. Não queria causar uma má impressão.

— Aqui é a Hwawoldang, certo?

— Sim, mas ainda não estamos prontos para atender.

— Já são dez e meia da noite. Não tenho muito tempo.

— Se a senhora puder voltar amanhã...

— Não! Tem que ser hoje! Gostaria de um *senbei*, por favor.

A mulher parecia ter muita pressa. Sem entender a situação, eu abria e fechava a boca repetidamente, tentando pensar em uma forma de recusar o pedido. É cada coisa que trabalhador autônomo tem que aguentar. Desde as artimanhas dos fornecedores até as exigências absurdas dos clientes.

— Você é a proprietária e não sabe que tipo de loja é esta?

A mulher inclinou a cabeça, com uma expressão cheia de desconfiança. Tanto o fornecedor suspeito quanto a cliente falavam como se soubessem mais sobre a Hwawoldang do que eu. Ela suspirou e estendeu a mão para mim.

— Depressa, pegue. Não temos tempo.

— A sua mão?

— Vou te mostrar.

Seus olhos estavam carregados de lágrimas, como os de um boi indo para o abate. Assim que vi aquelas pupilas tristes, algo dentro de mim disse que eu deveria segurar a mão dela.

— Eu tinha quarenta e seis anos, e meu nome era Oh Heesuk.

Ao toque, a temperatura corporal da mulher que dizia o próprio nome no passado era estranhamente diferente. Naquele instante, todos os pelos do meu corpo se eriçaram, e meus sentidos ficaram vagamente entorpecidos.

O verdadeiro negócio da Hwawoldang havia começado.

✿

Aos quarenta e seis anos, Heesuk, que trabalhava como caixa em um mercado, sentia desconforto ao dobrar o dedo indicador. De tanto pressionar os botões da máquina registradora para agilizar o atendimento, a tensão se acumulava nas articulações dela. Heesuk enrolou um curativo na primeira falange do indicador.

— Já estou até sentindo que está melhorando.

Posicionou-se no caixa de costume e estendeu a mão. Uma dor desse nível nem chegava a ser considerada dor, então não havia necessidade de se preocupar.

Mas como lidar com a dor que sentia em um dedo invisível?

— Heesuk, fique só o período da manhã hoje e vá para casa mais cedo.

— Ah, não. Estou bem...

— Não se preocupe. Não vou descontar das suas férias.

— Por que isso de repente?

— Você tem que comemorar o aniversário da sua filha. Trabalhamos juntas há tempo suficiente para eu saber disso.

Era o dia da vigésima sexta primavera da filha. Aquele era um ato de bondade da chefe para Heesuk, que havia passado tantas estações em silêncio atrás do caixa.

A mulher não costumava tirar férias, preferindo acumular horas extras para receber o pagamento bônus ao final do ano. E agora, uma folga de meio período sem dedução? Para ela, não poderia haver um presente melhor do que esse!

— Então, finalmente vai descansar hoje? Você parece de bom humor.

— É que é o aniversário da minha filha.

— E isso é motivo de animação? É dia de gastar dinheiro!

— Hahaha! Pois é.

Sentindo-se contente com a gentileza da chefe, Heesuk respondeu à brincadeira com uma expressão alegre. O leve nervosismo que sentia todas as manhãs ao se preparar para a abertura do mercado desapareceu por completo. Em um dia como esse, mesmo que a loja estivesse cheia e mesmo que os clientes apresentassem cupons de descontos difíceis de aplicar, nada a afligiria.

Quando Heesuk deu à luz Juyeon, não fazia ideia do significado que a filha teria em sua vida. Com apenas dezenove anos, ela era jovem demais, e o marido, imaturo. No ano em que completou vinte e seis — a mesma idade que Juyeon tinha agora —, pediu o divórcio.

Depois disso, sua preocupação constante com a filha não era porque ela dava trabalho. Muito pelo contrário: Juyeon era uma criança madura, que compreendia os dias difíceis da mãe, e um pilar de força, sempre dando apoio incondicional. Por isso, quando pensava em Juyeon, Heesuk olhava para o dedo dolorido, como se ele fosse um lembrete.

— Já comprou um presente de aniversário?

— Ela não gosta quando dou presentes.

— Que tipo de filha é essa? Então você vai chegar de mãos vazias?

— Vou comprar uns biscoitinhos.

— Biscoito?

— Sim. Um que ela adora desde pequena.

Heesuk tocou o envelope branco que havia preparado antes de sair para o trabalho e guardado no bolso. No entanto, por trás da desculpa dos biscoitos, ela já tinha elaborado um presente surpresa.

— Sehee, o que você vai fazer na primavera do ano que vem?

— Quem é que pergunta sobre planos para daqui a um ano? Provavelmente estarei aqui no caixa, como sempre.

— Que tal deixar um dia do fim de semana livre?

— Por quê?

— Minha filha vai se casar na próxima primavera...

Sehee, que tinha a mesma idade que Heesuk, levou a mão à boca, surpresa. Em seguida, balançou as mãos repetidamente, como se estivesse se abanando. Uma reação exagerada, mas espontânea diante da boa notícia.

— Meus parabéns!

Com felicitações tão sinceras da colega, Heesuk também se animou ainda mais. Empolgada, começou a vasculhar a galeria do celular, decidida a mostrar o rosto do futuro genro. Bem nessa hora, clientes começaram a colocar suas compras na esteira do caixa, e as duas mulheres trocaram sorrisos constrangidos antes de voltar ao trabalho.

Heesuk sabia que não conseguia fazer muito pela filha. Nunca pôde lhe dar uma roupa cara ou uma bolsa de grife, como outras mães faziam. Ainda assim, a filha agradecia por ter sido bem criada — ela era, ao mesmo tempo, sua maior recompensa e seu pior castigo. Pensar em Juyeon a enchia de emoção, mas também de culpa.

Por a menina ter crescido tão boazinha. Por ter suportado a ausência dela.

Por isso, aquela era a chance de fazer valer todo o esforço de trocar suas férias por dinheiro. Heesuk alisou o envelope em seu bolso várias vezes.

Ainda bem que tem algo que posso fazer por ela.

Naquele dia, antes de deixar o trabalho, Heesuk comprou um pacote de *senbei* de alga marinha na seção de guloseimas do mercado.

✿

Voltar para casa com o sol ainda brilhando parecia estranho. Com o saco de *senbei* debaixo do braço, Heesuk apreciou o céu pela primeira vez em muito tempo. Nas vinte e seis primaveras desde o nascimento da filha, nunca choveu neste dia.

O céu também deve estar comemorando.

A felicidade, mesmo sem riqueza, era uma bênção do coração. Heesuk apertou o passo, sentindo-se grata até pelo tempo de sempre.

Apressou-se para preparar o jantar antes que a filha voltasse do trabalho. Apesar de seus sentimentos, Heesuk sempre foi desajeitada em demonstrá-los. Só de pensar em dizer "eu te amo" ou "obrigada", seu corpo se retorcia de vergonha. Tudo o que podia fazer era caprichar na carne bovina da sopa de algas marinhas.

— Mãe, você saiu mais cedo hoje?

— Sim. Tome um banho e venha jantar.

A sopa de algas, generosamente temperada com óleo de gergelim, borbulhava na panela enquanto a filha estava no chuveiro. Heesuk colocou os acompanhamentos sobre a mesa e pegou uma tigela redonda de madeira, na qual colocou algumas rodelas de *senbei*.

Ao terminar de se lavar, Juyeon sentou-se à mesa, atraída pelo aroma delicioso.

— Obrigada pela refeição.

— É seu aniversário, então coma bastante.

Presunto e panqueca *yukjeon* com as bordas bem crocantes, macarrão *japchae* polvilhado com uma quantidade considerável de gergelim torrado, arroz de feijão-vermelho feito com os grãos de alta qualidade comprados no mercado — sem nenhum desconto! Embora parecessem despretensiosos à primeira vista, cada prato daquele "banquete de aniversário" requeria tempo e muita dedicação. O amor de Heesuk pela filha transbordava sobre a mesa.

Na casa daquelas duas, o amor não se expressava em palavras, mas no sabor.

— Nossa, tem até *senbei* de alga? Faz tanto tempo que não como!

— É para comer depois do jantar — falou Heesuk, empurrando a tigela de madeira na direção de Juyeon. A filha assentiu enquanto mastigava o arroz.

Quando criança, Juyeon detestava o fato de a mãe chegar tarde do trabalho. Embora se esforçasse para não demonstrar — pois sabia que choramingar só deixaria o rosto já exausto da mãe ainda mais abatido —, no fundo tudo o que queria era passar mais tempo com ela. Por isso, a pequena Juyeon sempre gravava o programa favorito da mãe e limpava o lugar onde ela costumava sentar no chão da sala, deixando tudo pronto para sua chegada.

A cena que Heesuk encontrava ao voltar para casa era sempre a mesma: a TV ligada em um programa de comédia e apenas uma parte específica do chão da sala brilhando de um jeito incomum. Mas não era só isso que revelava o coração de Juyeon. Ao abrir a porta da frente, Heesuk percebia, só de olhar para o rosto da filha correndo em sua direção, tal qual um cachorrinho desesperado, que ela a esperava ansiosamente. Juyeon pensava esconder bem seus sentimentos. Ao se conter para não dizer "Estou tão feliz que você voltou para casa", acreditava que sua espera angustiada passaria despercebida. Essa tentativa ingênua de parecer madura a fez crescer rápido demais — e isso fazia o coração de Heesuk se apertar.

Sempre que a mãe saía para trabalhar, a menina fazia um pedido.

— Mamãe, traz um biscoito para mim quando voltar?

Só quando chegava ao mercado, Heesuk percebia que não sabia de qual biscoito a filha gostava. Biscoitos geralmente eram ou doces, ou salgados... Foi então que o *senbei* de alga — o mais barato — chamou sua atenção. A massa era doce, enquanto a alga marinha tinha um toque salgado.

Será que esse serve?

Ao entregar o *senbei*, ainda em dúvida, viu Juyeon explodir em alegria. A menina se sentou segurando o saco cilíndrico entre as pernas e foi tirando um por um, dando mordidas crocantes.

Que bom que ela gostou.

Desde então, Heesuk passou a comprar *senbei* de alga para Juyeon no caminho para casa sempre que podia. Ela trazia sempre o mesmo biscoito, e a filha sempre o recebia com o mesmo sorriso feliz e radiante.

Recordando o passado, Heesuk tomou uma colherada da sopa de algas e, sentindo o umami especialmente intenso naquele dia, comentou:

— Tenho uma coisa para te dar.

— O que é?

— É minha contribuição. Não é muito. — Heesuk estendeu o envelope, com as pontas amassadas.

Juyeon balançou as mãos em recusa, mas Heesuk, sem dizer nada, estendeu o envelope mais uma vez.

— Está tudo bem.

— Você deve ter se esforçado muito para juntar esse dinheiro, mãe...

— E é por isso que estou te dando.

Juyeon não queria que seu casamento se tornasse um fardo para Heesuk. Nunca teve a menor intenção de fazer uma cerimônia extravagante, por isso evitava falar sobre dinheiro. Mas era difícil recusar o afeto da mãe, que lhe estendia o envelope com um olhar suplicante. Com o coração dividido entre gratidão e culpa, a moça inclinou a cabeça e esfregou o canto dos olhos.

— Vou gastar com cuidado.

— Pode gastar sem dó — respondeu Heesuk calmamente, agradecida por sua filha ter aceitado o dinheiro.

Ela mergulhou a colher na sopa, pescando os ingredientes. Quando o sabor da alga marinha, como a do *senbei*, encheu sua boca, algo igualmente salgado ameaçou escorrer de seus olhos. Uma emoção inesperada percorreu o coração daquela mulher de meia-idade cansada pela vida.

Naquela noite, mãe e filha terminaram de comer o *senbei* de sobremesa enquanto assistiam a um drama na TV. Juyeon tinha o hábito de quebrar as bordas do biscoito e comê-las primeiro, deixando a parte do meio de lado. Só depois de comer todas as bordas é que começava a pegar, um a um, os pedaços com alga. Ao ver aquela cena, Heesuk se lembrou da Juyeon pequena, que economizava cada centavo de sua mesada. No passado, elas tiveram essa conversa:

— Mãe, vou usar minha mesada para comprar meias novas.

— Já temos tantas meias em casa! Poupe seu dinheiro.

— Mas eu vi umas tão fofas!

— Quando você calça os sapatos, ninguém vê suas meias, então pra que se preocupar? Guarde seu dinheiro para quando realmente precisar.

Graças aos conselhos para que não se acostumasse com luxos desnecessários, Juyeon cresceu como uma criança que não gastava dinheiro de forma insensata. O hábito de economizar veio como bônus, sem ninguém a ensinar. Heesuk sempre se sentiu culpada por não poder proporcionar um ambiente mais confortável para a menina, mas decidiu olhar pelo lado positivo: isso acabou cultivando a independência financeira da filha.

Será que separar a parte com alga também era reflexo de sua natureza econômica, tão enraizada nela? Vendo Juyeon mordiscando o *senbei*, Heesuk sentiu como se estivesse diante da filha pequena.

— Por que está me olhando assim?

— Só estou pensando que agora você pode comer o quanto quiser.

— *Senbei*?

— É. Não precisa mais juntar a parte com alga. Se quiser, posso comprar outro pacote para você.

— Ai, mãe, o que deu em você? Já chega!

As duas ficaram conversando até tarde em frente à TV. Passar a noite jogando conversa fora deixava Heesuk feliz, mas, por outro lado, também a deixava melancólica. Era o fato de que sua doce filha logo deixaria aquela casa e construiria uma nova família. Só de imaginar a sala vazia, um nó se formava em sua garganta.

Disfarçando seus sentimentos, Heesuk roubou um dos pedaços que Juyeon havia separado e o comeu.

— Não vejo a hora de você se mudar. Assim, vou poder comer todos esses biscoitos sozinha.

Juyeon sabia muito bem que aquilo não era verdade. Afinal, ela era a única pessoa no mundo fluente na linguagem da mãe e capaz de decifrá-la.

— Venho te visitar sempre.

— Não disse para você vir me visitar.

— Você vai sentir minha falta.

— Dizem que ficar indo à casa da mãe depois de casar não é bem-visto. Você tem que viver grudada no seu novo lar como uma supercola.

— Lá vem você de novo falando o contrário do que sente.

— Como sabe o que eu sinto?

— Te conheço muito bem.

Heesuk apreciou o gosto final do *senbei* que já havia derretido em sua boca. Nesse ínterim, Juyeon foi até o quarto e voltou trazendo algo nas mãos.

Era uma sacola de compras de uma loja.

— Eu até sei o que você vai dizer quando receber isso.

Perplexa, Heesuk enfiou a mão na sacola e sentiu algo leve e macio.

— Sei que não foi fácil pra você, mãe. Obrigada por tudo.

O que ela tirou da sacola era nada menos que um vestido feito de seda branca, com uma profusão de hortênsias amarelas desabrochando sobre o tecido.

— O que é isso?

— Um presente. Quero que use quando formos tirar uma foto de família.

— Mas hoje é o seu aniversário...

— É o meu último aniversário nesta casa, então queria aproveitar para te agradecer, mãe.

Acanhada, Juyeon afundou no sofá e começou a brincar com o controle remoto. Heesuk, como se só soubesse uma única frase, não parava de dizer "Por que você comprou isso?" enquanto estendia e olhava o vestido de novo e de novo.

Quando foi que sua filha cresceu tanto, a ponto de, no dia de ser celebrada, querer celebrar outra pessoa? Quando foi que ela se tornou uma adulta capaz não só de fazer a mãe sorrir, mas também chorar? Heesuk não queria fazer papel de boba na frente da filha, então tratou logo de enxugar o canto dos olhos com o punho da manga. Esfregou várias vezes até que não restasse nenhuma lágrima, mas as emoções eram uma torrente manancial dentro dela.

— Quem diria que seu coração era tão mole...

Juyeon se aproximou da mãe e a abraçou por trás. Sem poder mais enxugar as lágrimas ou desdobrar o vestido, Heesuk ficou paralisada, presa em sentimentos complexos.

Seria tão bom se conseguisse devolver um "obrigada" à filha. Absorta nesse pensamento, ela apenas olhou para a adorável escuridão além da janela da varanda.

Os pedaços de *senbei* no prato ficaram úmidos, absorvendo os sentimentos dela.

✿

Era meio-dia de um fim de semana. Juyeon voltou da papelaria com papéis de carta elegantes e lacres de cera. Heesuk, que preparava o macarrão para fazer *bibim-guksu*, foi até a sala para espiar.

— Vai escrever uma carta?

— Quase isso. Vou fazer os convites de casamento.

Estava previsto que Kihun, o noivo, faria uma visita naquele dia. A ideia era que fizessem os convites juntos, mas Juyeon queria escrever pelo menos uns cinco para praticar antes de ele chegar.

— Quem escreve convites à mão hoje em dia? Mande fazer sob encomenda.

— Juntando meus convidados e os do Kihun, não dá nem cinquenta pessoas. Vai ser uma cerimônia bem pequena.

— Mesmo assim...

Juyeon e Kihun tinham naturezas parecidas: eram bondosos e humildes.

Os dois não tinham uma família ou parentes tão harmoniosos e felizes como os outros. Tendo que se concentrar no trabalho desde cedo, fizeram poucos amigos próximos, então o casamento seria algo modesto e íntimo. Felizmente, Juyeon e Kihun não viam isso como um problema. Era um alívio poderem economizar dinheiro e simplificar o processo, considerando tudo ainda mais eficiente. No momento em que encararam a situação de forma positiva, o que poderia parecer lamentável segundo os padrões alheios se transformou em degraus rumo a novas bênçãos para eles.

— Vai conseguir escrever todos à mão, um por um?

— Comprei bastante material, e temos tempo de sobra até o casamento.

— Não gosto de te ver economizando como se fosse uma miserável. Tem coisas que você pode se permitir gastar.

— Ai, mãe, não fala assim. Só quero poder fazer todos os preparativos com minhas próprias mãos.

Heesuk pensou em tentar convencer a filha, julgando que ela estava se forçando demais apenas para economizar, mas logo desistiu.

— Faço isso porque gosto.

O rosto de Juyeon parecia genuinamente feliz. *Essa menina não tem jeito!*, pensou Heesuk com orgulho. Ao mesmo tempo, pensou que ela sempre seria, até o fim de seus dias, o "dedo dolorido" e também o mais precioso de sua vida.

— Vou te ajudar até o macarrão ficar pronto.

— Então, eu escrevo os convites, e você os coloca nos envelopes e sela com os adesivos.

Heesuk seguiu metodicamente as instruções de Juyeon: apanhou o convite escrito à mão, pôs no envelope e colou o lacre de selo vermelho. O resultado foi um lindo convite, tão bonito quanto os vendidos nas lojas. No fundo, era divertido.

— Sabe, mãe? Na próxima vida, quero ser especialista em caligrafia.

— Por que tem que ser na próxima vida? Faça como um passatempo depois do trabalho.

— Impossível. Só nascendo de novo. Olha só a minha letra!

Apesar de sua paixão, Juyeon não tinha muito talento para a caligrafia. Suas letras eram desengonçadas e por pouco não viravam garranchos. Diante daquilo, Heesuk não conseguiu dizer nada e acabou rindo.

— E você, mãe? O que quer ser na próxima vida?

— Acho que eu viveria do mesmo jeito que agora.

— Não sonha em ser uma atriz de cinema ou uma mulher de negócios?

— Bem... — Na TV, aparecia um cantor que sempre participava dos programas de variedades a que elas assistiam juntas. Percorrendo o palco com entusiasmo, ele cantava sua nova música. — Eu gostaria de ser cantora.

— Por quê?

— Porque poderia dizer tudo o que eu quisesse através das letras das músicas.

Na tela, o rosto do cantor era exibido em close-up várias vezes enquanto ele cantava animado uma letra exageradamente sentimental. Olhando para o rosto do homem, Heesuk imaginou-se dizendo tudo o que queria para a filha, sem nenhuma vergonha. Só de pensar, sentiu-se desconcertada e, sem jeito, coçou a cabeça.

— Mãe, o macarrão não está fervendo?

A panela no fogão sacolejava. Só então Heesuk saiu de seus devaneios e se levantou para ir à cozinha.

— Olha só essa minha cabeça! Quase queimou tudo.

Devia ser o cansaço acumulado do trabalho. Ultimamente andava esquecendo as coisas. Felizmente, não chegou a esquecer nada de fato importante, então não teve grandes problemas. Ainda assim, aquilo era sinal de que precisava de descanso. Ela abaixou o fogo depressa e mexeu o conteúdo na panela com pauzinhos de madeira. O macarrão bem cozido nadava ali dentro como uma água-viva.

Naquele exato momento, a campainha tocou e Juyeon correu até a entrada. Assim que a porta se abriu, a voz de Kihun ressoou pela casa com uma saudação. Ao ouvir aquela voz forte e enérgica, Heesuk enxugou as mãos no pano de prato e deu um passo em direção à porta.

— Sogrinha, cheguei!

Kihun deu um sorriso caloroso enquanto habilmente ajeitava os sapatos na entrada. Ele não era o tipo de homem que usava roupas chamativas — preferia sempre um casaco ou uma jaqueta discreto e elegante. Nos dias em que visitava a casa de Juyeon, fazia questão de vestir apenas suas melhores peças. O penteado deixava a testa e os lóbulos redondos das orelhas à mostra, refletindo uma juventude tão vibrante quanto a da filha. Sua filhinha e o parceiro que ela escolheu. Heesuk contemplou a pessoa que seria a maior fonte de felicidade para Juyeon e acenou com a cabeça.

— Estou fazendo *bibim-guksu*. Vai comer com a gente, né?

— Claro que sim! Até trouxe a sobremesa.

— Ótimo. A louça também é sua.

— Haha. Claro, com certeza.

Kihun colocou um saco plástico cheio de guloseimas sobre a mesa enquanto Juyeon, ao seu lado, resmungava por ele "gastar dinheiro à toa". Observando os dois, Heesuk desejou que, ao contrário dela, a filha pudesse desfrutar aquela união em harmonia por muito tempo. Desde que Juyeon anunciou o casamento, toda vez que Heesuk a olhava, sentia uma estranha mistura de saudade, tristeza, alegria e felicidade. Mesmo sabendo que, após o casamento, precisaria continuar a vida como sempre, não conseguia evitar a sensação de estar entregando uma parte inteira de sua existência e de que seu mundo estava partindo. Eram dias em que todas as emoções davam as mãos, avançavam como uma onda contra ela e depois recuavam.

Até o cheiro adocicado da farinha de trigo cozida parecia carregar um vago sentimento de nostalgia.

O *bibim-guksu*, temperado com mais atenção do que de costume, tinha um sabor forte. Parecia cobrir a língua com uma camada de sal, provocando sede, mas Kihun raspou o prato sem demonstrar desagrado.

Os três se sentaram em fila no chão da sala e deram início à linha de produção de convites. Juyeon escrevia a mensagem, Kihun colocava o papel no envelope e Heesuk selava a abertura com o lacre adesivo. Depois de empilhar uns vinte convites, Juyeon se jogou no sofá, reclamando que o braço estava doendo. Aproveitando o momento, Kihun remexeu na sacola plástica e tirou um pacote de biscoitos de chocolate.

— A Juyeon não come essas coisas. Espera, vou pegar o *senbei* — Heesuk interrompeu o genro.

— Ué, mas este é o favorito dela... — respondeu Kihun com uma expressão desconfiada, abrindo a embalagem.

Juyeon pegou um biscoito que Kihun lhe ofereceu e o abocanhou sem hesitar. Heesuk achou estranho ver a filha comendo com tanto prazer um biscoito que ela nunca tinha visto antes.

— Sogrinha, a Juyeon adora doces.

— Está dizendo que ela gosta *desse*?

— Sim. Depois das refeições, ela sempre come algum chocolate, porque prefere doce a salgado. No Dia dos Namorados, então? Ficava animada como um cachorrinho na neve quando eu dava doces de presente. Vivo com medo de tanto açúcar acabar dando em cáries.

Juyeon deu tapinhas na própria barriga e entrou na conversa, falando em tom de brincadeira:

— Minha mãe não me conhece direito.

Aquelas palavras rolaram até Heesuk como uma pedrinha que se cravou em seu coração. Sentados juntos, Juyeon e Kihun continuaram tagarelando e dividindo os biscoitos, enquanto ela, com uma expressão azeda no rosto, olhava para a cesta de guloseimas com o *senbei*.

Então... esse não era o que ela mais gostava?

Heesuk fitou o biscoito marrom embalado no plástico transparente por um bom tempo. Juyeon definitivamente parecia feliz sempre que a mãe comprava aquilo para ela. Nunca recusou. Pelo contrário, comia aos montes.

De repente, Heesuk se lembrou do que dizia ao entregar o *senbei* para a filha pequena:

Esse aqui é o mais barato e vem bastante.

Pensando bem, Juyeon nunca pedia nada. Mesmo quando pediu que a mãe lhe comprasse biscoitos, nunca especificou qual queria. Talvez, o que ela realmente desejasse não fosse o "biscoito" em si, mas o carinho contido no gesto de Heesuk de escolher pensando na filha, pagar e trazer para casa.

Só então Heesuk percebeu que, assim como ela havia passado a vida escondendo seus sentimentos, a filha também havia crescido silenciando o que queria dizer.

Ao virar a cabeça, viu uma pessoa ao lado do homem que ela escolhera, genuinamente feliz com o doce de que gostava. Aquela mulher, sorrindo com a suavidade da neve derretendo em um dia de primavera... Será que já vivia como adulta desde a infância? Heesuk sentiu uma pontada no peito.

Juyeon era, sem dúvida, seu dedo dolorido.

Alguns dias depois, em uma manhã, Juyeon estava tendo um dia cheio. Junto a Kihun, estava ocupada com os preparativos do casamento. Ao ouvir que a filha chegaria mais tarde que o habitual, Heesuk viu ali a oportunidade perfeita.

Desta vez, foi ela quem pediu folga. Felizmente, como era um dia com muitos funcionários fixos, a solicitação foi logo aprovada. Como de costume, Heesuk comprou o *senbei* no mercado, porém, em vez de ir direto para casa, parou em uma loja de produtos para confeitaria e pegou chocolate, manteiga e creme de leite fresco.

— Senhora, esse chocolate que escolheu tem uma composição diferente dos outros, por isso não derrete fácil. Tudo bem para você?

— Quer dizer que ele não é bom?

— Pelo contrário. É um produto premium, com um aroma de cacau mais duradouro, só que exige mais cuidado ao derreter. A senhora tem que deixá-lo em banho-maria no fogo baixo e esperar um bom tempo até derreter.

— Então, é um produto melhor, certo?

— Isso mesmo.

— Vou levar esse mesmo.

Mais uma vez, a atendente reforçou que o chocolate levaria mais tempo para derreter do que os outros. Para Heesuk, que tinha tempo de sobra, isso não era um inconveniente. Estava feliz por poder usar um ingrediente de alta qualidade. Hoje era um dia para ela, como mãe, finalmente se dedicar, depois de tantos anos sem compreender o coração de Juyeon.

O plano era simples.

Transformar sua culpa em *senbei* de chocolate feitos com as próprias mãos. Segundo as receitas das blogueiras, bastava banhar o *senbei* tradicional no chocolate derretido e esperar endurecer. Não era nada difícil. Adicionar manteiga e creme de leite deixaria o sabor ainda mais rico. "*Desculpa por não ter prestado atenção suficiente para perceber quem você realmente é*" — esse era o sentimento que queria traduzir no *senbei* de chocolate.

Assim que chegou em casa, colocou uma panela funda para o banho-maria no fogo e despejou o chocolate. Ao lado, já havia separado tudo: luvas de algodão, uma colher de madeira e outros utensílios necessários. Como a atendente havia dito, parecia que o chocolate levaria um bom tempo até derreter. Enquanto esperava, Heesuk aproveitou para passar o vestido que Juyeon lhe dera de presente.

— Como ela acertou até na cor que eu gosto?

Não conhecia os gostos da filha, mas Juyeon sabia exatamente do que a mãe gostava. Essa diferença de sensibilidade a deixava contente, mas também arrependida.

Heesuk imaginou o dia em que usaria o vestido bem passado e tiraria uma foto ao lado de Juyeon e Kihun. Então, a alegria superou a tristeza e, mesmo em meio às lamentações, um sorriso brotou em seu rosto.

— Vamos ver o que tem de bom no YouTube.

Depois de passar a peça de roupa, Heesuk deitou no sofá para relaxar. Sentindo o doce aroma de chocolate se espalhar pela sala, deu play em um vídeo de dez minutos que os colegas do mercado comentaram ser engraçado. Enquanto dava risadinhas, sentiu toda a tensão e o cansaço se dissiparem.

Uma brisa fresca entrava pela janela da varanda naquela tarde. No parquinho do condomínio, as crianças tagarelavam sem parar. Era um dia calmo e agradável. Faltando cerca de três minutos para o fim do vídeo, os olhos de Heesuk se fecharam pouco a pouco.

— É tão bom ficar assim, sem trabalhar...

Seu corpo relaxou completamente, como se fosse algodão-doce derretendo em águas termais.

Quanto tempo se passou? O vídeo já tinha terminado havia tempos, e a tela do celular estava escura. Heesuk ainda estava entre o sono e a vigília.

— Que cheiro é esse?

Um calor abrasador vinha da cozinha. Com um mau pressentimento, Heesuk levantou o tronco rapidamente e olhou na direção da copa. No limite de seu campo de visão, enxergou uma bola de fogo.

Embasbacada, Heesuk se levantou de um salto, mas as chamas já estavam além do ponto em que poderiam ser apagadas com um simples abanar de mãos. Ela queria tirar apenas um cochilo rápido, mas acabou dormindo por uma hora inteira. Nesse meio-tempo, o fogo se alastrou para a luva térmica e a colher de pau deixadas ao lado do fogão. As chamas eram alimentadas à medida que o vento quente e seco soprava pela janela e logo se espalharam para o pano de prato, a toalha de mesa, as cadeiras e a mesa de jantar. Faíscas saltaram de um velho eletrodoméstico ainda conectado à tomada, e o fogo as engoliu completamente, criando uma labareda ainda maior. A sonolência que pairava nos olhos de Heesuk sumiu de vez.

— Minha nossa... e agora?

Ela ficou tão atordoada que mal conseguia raciocinar. Primeiro, correu para fechar a janela da varanda, impedindo que o vento entrasse. Tentou ligar para a emergência, mas suas mãos tremiam tanto que derrubou o celular várias vezes.

O demônio de fogo crescia mais e mais, ameaçando escapar da cozinha e invadir a sala e o quarto principal. O sofá onde Heesuk esteve deitada momentos antes era o mais perigoso. Sendo grande e feito de tecido, se fosse tragado pelo fogo, com certeza as chamas engoliriam todo o resto da casa. A mulher pegou o celular caído, sabendo que precisava ligar para a emergência imediatamente, mas, dominada pelo desespero, tentou conter o fogo por conta própria, jogando roupas e cobertores sobre as chamas. No entanto, ao contrário do que via nos filmes, as labaredas não cederam. Enquanto isso, uma fumaça preta encheu o apartamento. Heesuk sentiu uma leve dor de cabeça.

— Li-ligar pra e-emergência e sair daqui. Calma, mantenha a calma!

Percebendo que não havia mais jeito, ela finalmente discou para o 119, calçou os sapatos de qualquer jeito e abriu a porta da frente. Em seguida, começou a apertar em desespero a campainha dos vizinhos. Sem se dar conta, lágrimas se derramavam como uma cascata por suas bochechas.

— Sou do 402! Minha casa está pegando fogo! Pode ser perigoso, então saiam!

— Fogo?!

Assustados, os vizinhos abriram as portas e saíram correndo. Todos tentaram usar o extintor de incêndio, mas sem saber direito como funcionava, só ficaram atordoados. Enquanto isso, a fumaça escura começou a se arrastar furtivamente para fora do apartamento de Heesuk. Os vizinhos, sem tempo para assimilar o que estava acontecendo, ficaram todos atônitos.

— Vamos evacuar! O fogo está grande demais para controlarmos.

Tentando acalmar Heesuk, eles a acompanharam até o térreo, onde todos se refugiaram juntos. Em pouco tempo, a fumaça densa tomou conta de todos os corredores do prédio. Era um apartamento alugado por um preço acessível, conquistado com dificuldade em meio à vida financeira apertada. Agora, Heesuk se arrependia de não ter dado importância ao comentário do corretor imobiliário sobre a casa ficar "um pouco distante do corpo de bombeiros".

Não devia ter tirado uma soneca... Devia ter desligado o fogo antes... Esses pensamentos a atormentavam. Quando finalmente estava conseguindo se acalmar, agradecendo que, pelo menos, ninguém havia se machucado, lembrou-se dos objetos de valor que tinha deixado para trás.

— Ah! Os convites de casamento da Juyeon!

As cartas preciosas, feitas com tanto carinho pelos três juntos. Juyeon havia separado um tempo de sua rotina corrida para escrevê-los à mão, com todo cuidado. Se deixasse aquele frágil símbolo do amor nas chamas, tudo seria reduzido a cinzas. Além disso, na sala estava o vestido que a filha tinha lhe dado de presente. Heesuk teve dificuldade para respirar.

— Não... Eles se esforçaram tanto para fazer...

Heesuk imaginou os convites sendo consumidos pelo fogo. A TV escolhida a dedo, o guarda-roupa de segunda mão, até a geladeira de porta dupla comprada com sacrifício... Tudo isso podia queimar — nada era mais precioso do que a vida. Mas os convites, com o toque das mãos de Kihun e Juyeon, ela não podia permitir que fossem destruídos pelas chamas.

Aquele simples maço de papéis, tão vulnerável ao fogo, era importante para Heesuk. Algo que poderia ser comprado por uns trocados ou reimpresso em milhares de cópias numa gráfica. Os convites de casamento eram, na verdade, objetos sem valor. No entanto, não eram objetos grandiosos que levavam as pessoas a fazer bobagens. Era o sentimento impregnado nesses pequenos objetos desimportantes que deixavam as pessoas aflitas e inquietas, fazendo-as correr de um lado para o outro.

Para Heesuk, abrir mão daqueles convites parecia o mesmo que abandonar toda a felicidade despretensiosa que sua filha havia encontrado. Ela não queria magoar nem uma partícula do coração de Juyeon. Por fim, Heesuk deu meia-volta.

— Aonde a senhora vai?!

— Só vou pegar umas coisas e já volto!

As tentativas dos vizinhos de dissuadi-la foram inúteis. Heesuk já tinha disparado em direção ao apartamento. Algumas pessoas correram atrás dela, subindo as escadas íngremes para detê-la, mas ao se depararem com a fumaça cinzenta, foram tomadas pelo medo e acabaram desistindo.

Heesuk cobriu o nariz e a boca com a manga da blusa e entrou no apartamento 402. As chamas estavam ainda mais intensas e assustadoras, fazendo suas pernas tremerem. Felizmente, o quarto de Juyeon ficava perto da porta de entrada.

Só tenho que pegar os convites... Só isso...

Não era difícil. Nem mais, nem menos — bastava pegar uma coisa. Evitando as chamas, Heesuk entrou no quarto da filha. A visão estava turva devido à fumaça, o que a fazia não enxergar bem. Esfregando os olhos ardidos, enfim encontrou a sacola com o maço de convites de casamento. Estava prestes a sair a salvo quando avistou o vestido sobre a tábua de passar.

Só mais aquilo!

Por sorte, não estava longe. Heesuk rapidamente alcançou o vestido engomado e o apertou contra o peito. No mesmo instante, sentiu uma dor de cabeça terrível, como se seu cérebro estivesse se despedaçando. Mesmo respirando, uma sensação de asfixia fechava sua garganta. Por instinto, para tentar se recompor, respirou ainda mais fundo.

Se eu sair daqui...

Ela não parava de tossir. A sacola contendo o amor de sua filhinha parecia apressá-la: *Vamos embora daqui, rápido!* Mas quanto mais se apressava, mais ansiosa Heesuk ficava, respirando com dificuldade. De repente, uma pressão esmagadora, como se tivesse levado um golpe na parte de trás da cabeça, fez seus olhos se fecharem com força. Uma sensação estranha, como se algo estivesse se esvaindo de seu corpo, deixou suas pernas bambas. Com muito esforço, recobrou a consciência e se firmou. A saída não estava longe. Dando um passo de cada vez, ela avançava. Sua visão oscilava, a garganta queimando. Não conseguia pensar direito. Toda vez que tossia, a fumaça pungente penetrava seu corpo ainda mais, engolindo até o cérebro. Mas a tosse era incontrolável.

Se conseguisse sair dali, tudo daria certo. Aquela casa pequena e modesta. A construção em que vivera metade de sua vida não era grande o suficiente para privá-la do amor pela filha.

Apesar disso, toda a força do seu corpo se esgotou.

Levou menos de uma hora para voltar à realidade após mergulhar na vida compartilhada de outra pessoa.

— Agora você consegue entender?

Rapidamente soltei a mão da mulher e fiquei encarando-a por um tempo. Não importava o quanto eu olhasse, ela parecia perfeitamente normal... Mas então, o que foi essa vida que se infiltrou na minha consciência como se fosse magia? Uma ilusão? Ou será que foi apenas um transe momentâneo causado pelo cansaço?

Não. Tudo foi real demais para ser apenas um devaneio. Mesmo sem poder explicar em palavras, uma dor pesada e uma tristeza profunda permeavam cada parte do meu corpo.

— Ouvi dizer que, se eu fosse servida aqui, poderia renascer como aquilo que sempre desejei. Hoje é minha última chance de renascer, por isso preciso comer um *wagashi* antes da meia-noite — explicou a mulher.

— Renascer?

— Sim. A Hwawoldang é um lugar onde os mortos são confortados pela última vez. Não sei exatamente o porquê, mas alguém me disse para vir até aqui.

Se uma pessoa comum tivesse me dito isso, teria considerado uma loucura, mas desta vez era diferente. Quando olhei para os pés dela, não havia sombra. Era a prova incontestável de que ela não pertencia a este mundo, então não havia motivo para duvidar de suas palavras. Não acreditar, depois de ter sentido cada fragmento de sua vida, seria uma afronta aos mortos.

Vendo o relógio, não restava muito tempo.

— Vou preparar o *senbei* de chocolate agora mesmo!

— Obrigada. O tempo está curto, então, por favor, faça o mais rápido que puder.

Corri para a cozinha e comecei a preparar a massa. Misturei manteiga derretida com farinha tipo um e farinha de amêndoa fina. Em seguida, bati suavemente as claras de ovo e o açúcar de confeiteiro de forma que não criasse bolhas. Juntei as duas misturas e modelei a massa em uma forma arredondada. Como o ponto certo do *senbei* era sua textura crocante, estiquei a massa o mais fino possível e a coloquei no forno pré-aquecido, assando por dez minutos.

— Por que o cheiro está assim?

— Ai, não! Queimou!

Caramba! A massa estava fina demais e não resistiu aos dez minutos assando. Além disso, as rachaduras que surgiram durante o cozimento fizeram o *senbei* se partir em pedacinhos. Um suor frio escorria pela minha testa como se eu mesma tivesse entrado e saído do forno. Olhei para o relógio: já eram 23h30!

— Não se preocupe! Está tudo indo deliciosamente bem. Hahaha!

Dizem que, para se dar bem na vida, é preciso aprender a ser um pouco cara de pau. Fingindo normalidade, tentei disfarçar o tremor na voz e comecei a abrir uma nova porção de massa. Se antes estava tão fina quanto uma batata chips, desta vez deixei a espessura um pouco mais consistente. Também reduzi o tempo de forno para oito minutos.

Felizmente, a segunda tentativa foi bem-sucedida. O próximo passo era fazer a cobertura de chocolate. Como eu poderia ousar replicar o sabor das verdadeiras emoções não ditas de uma mãe para sua filha e a doçura que a filha escondeu por toda a vida para poupar a mãe? Nesse momento, decidi colocar todo o meu coração nisso. Derreti os pedaços de chocolate quebrados em banho-maria até obter uma textura lisa, sem grumos. Com um pincel, espalhei uma camada fina sobre o *senbei*, garantindo que, a cada mordida, a doçura estivesse presente — de qualquer ângulo, o amor não expresso seria sentido.

No entanto, o *senbei* quebrou mais uma vez.

— Falta muito? Já são 23h45.

— Hahahaha! Sabe, quanto maior a ansiedade, mais gostosas as sobremesas ficam.

— Essa é nova para mim.

— É um segredo do ramo. Hahaha!

O suor frio pingava como uma cachoeira. Mais uma vez, estiquei a massa do *senbei* bem fina, assei no forno e voltei ao processo de cobrir com chocolate. Em vez de espalhar na superfície, optei por mergulhar o *senbei* no chocolate derretido. Dessa forma, sem a pressão do pincel, o biscoito não se quebrou.

Passei a entender por que tentativa e erro são tão importantes. Apressei-me para conferir o relógio digital: eram 23h58min30. Não pode ser! A cliente tinha que comer o *senbei* antes da meia-noite. Peguei um e, desesperada, corri para fora. No meio da confusão, o cordão do avental ficou preso na fresta da porta, fazendo-me desperdiçar preciosos segundos enquanto tentava me soltar.

— Está pronto! Experimente rápido!

— Depressa, coloque na minha boca...

— Aqui!

23h59min57! Assim que a mulher deu uma mordida no *senbei* de chocolate, a fina camada do biscoito se partiu com um *croc*. Só então me livrei da tensão que tomava conta do meu corpo.

— Ufa! Foi por um triz.

— E o sabor? Está bom para o seu gosto?

— É realmente bem doce. Acho que minha filha vai adorar — respondeu a mulher com um sorriso alegre.

Aliviada, coloquei os *senbei* restantes em uma embalagem de plástico transparente e os entreguei para ela. Contudo, em vez de pegar a embalagem, ela apenas me encarou.

— Algum problema?

— Já cumpri meu propósito com essa única mordida. Queria que minha filha recebesse o restante. Ela tem uma pintinha vermelha no dedo indicador.

Eu não fazia ideia de onde a filha daquela mulher vivia ou a aparência dela. Ir procurá-la do mais absoluto nada também não era algo viável ou sensato. A mulher parecia prestes a me pedir para entregar os *senbei* à filha, mas eu já estava pronta para recusar.

Foi então que:

— Miau.

O gato preto de quando abri a loja estava de volta. Assim que a mulher abriu a porta, o gato entrou e, agilmente, pegou o pacote de *senbei* na boca.

— Ei! Isso não é para animais!

Mas o gato não estava tentando comer o doce. Ainda com o pacote na boca, o felino se aproximou da mulher. Ela, parecendo gostar de animais, não hesitou em abrir os braços para acolhê-lo. O bichano imediatamente pressionou a cabeça contra o abdômen dela.

Nesse momento, o rosto da mulher se iluminou.

— Esse gato vai levar para ela.

— O gato?

— Sim. Quando toquei nele, vi o sonho que minha filha terá esta noite. Ela vai sonhar com nós duas dividindo o *senbei*.

A mulher acariciou a cabecinha do gato.

— Diga a ela que eu a amei de verdade. Que a amei muito... e que lamento.

O gato piscou seus olhos dourados e disparou loja afora levando os biscoitos na boca. Em segundos, ele desapareceu sem deixar vestígios, como um brilho incandescente. Será que o pequeno guizo em seu pescoço estava imbuído de alguma energia espiritual? Aquela velocidade não era normal para um animal qualquer. Ele teria realmente corrido para dentro do sonho da filha?

— O *senbei* estava tão doce que fez a vida que percorri até agora parecer doce também.

— Que bom ouvir isso.

— Mas você vai ter que me desculpar por uma coisa.

— O que é?

— Como estou morta, não tenho como te pagar com dinheiro. Mas vou pagar com algo muito precioso para mim.

Não tem dinheiro para pagar? Isso é calote! Se bem que eu não podia exigir algo tão mundano de um morto. Era uma cliente um tanto atrevida e inacreditável, mas eu tinha que considerar isso como um ato de consolo para sua despedida final. Como se tivesse lido meus pensamentos, ela se mostrou mais sossegada. O rosto daquela mulher, que um dia foi mãe, funcionária de um mercado e alguém que carregou amor em seu coração, estava pálido. Era de uma tonalidade que os vivos não tinham.

Já passava de meia-noite. Como alguém ainda vivo, eu queria poder conceder mais tempo neste mundo àquela mulher, mas ela já estava parada em frente à porta de vidro, com uma expressão despreocupada, sem nenhuma relutância em deixar algo para trás.

— A senhora já vai?

— Sim. Já terminei o que tinha para fazer.

— Não há nada de que se arrependa?

— Não carrego arrependimentos. Vivi o que tinha para viver. Estou satisfeita. Só quero poder renascer como qualquer coisa que cante.

— Que inesperado. Achei que aceitar a morte fosse algo difícil.

— De certo modo, é. Mas sei exatamente por que consigo aceitar minha morte.

— E qual é o motivo?

— Isso é um segredo dos mortos.

Um pequeno sino tocou quando a porta se abriu completamente. Num instante, a mulher se transformou em vento e desapareceu. Pequenos brilhos bruxulearam no ar, como se alguém tivesse salpicado purpurina feita de luz. A brisa fresca da madrugada soprava, carregando um leve perfume de hortênsias. Era como caminhar por um jardim em plena floração no meio da noite.

Pensando no sabor doce do *senbei* de chocolate, que tinha lhe trazido conforto uma última vez, acenei com a mão em um adeus silencioso.

Ao voltar para dentro da loja, deparei-me com uma peça de roupa cuidadosamente dobrada sobre o balcão. Era o vestido de hortênsias que a mulher usava.

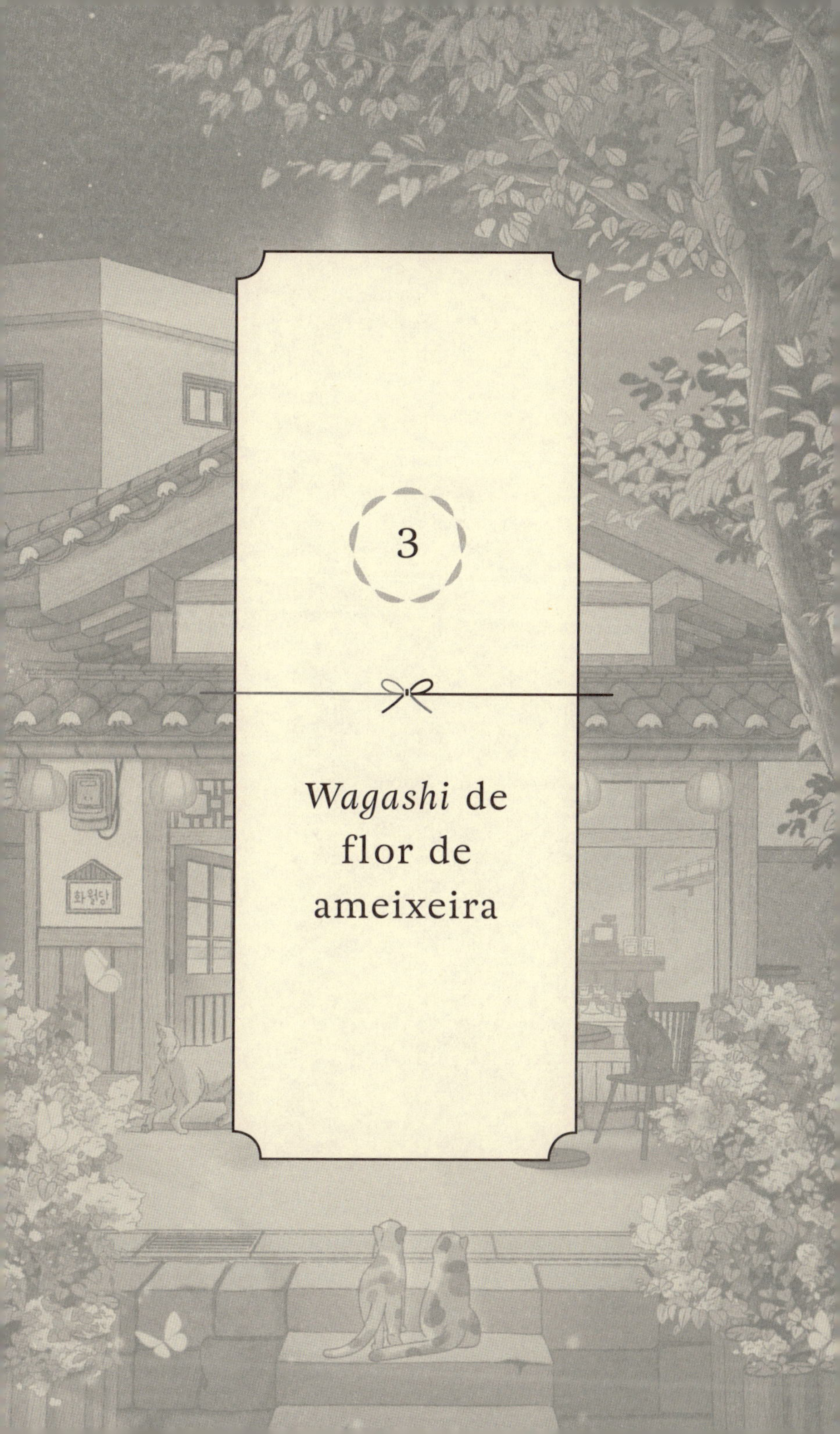

3

Wagashi de flor de ameixeira

No dia seguinte, cheguei à confeitaria um pouco antes do horário de funcionamento, já no começo da noite.

Segundo a explicação da primeira cliente, a entrada da Hwawoldang funciona como uma fronteira entre a vida e a morte. Foi aqui que vovó passou suas noites, despedindo-se de incontáveis mortos que partiam deste mundo. Meu coração acelerava diante do desconhecido, sem conseguir imaginar o que me aguardava dali em diante. Dar o último adeus aos mortos... Será que conseguirei dar conta disso? Já não me sinto boa o suficiente em fazer *wagashi*...

Desde a minha experiência com a primeira cliente, andava nervosa por ter que administrar um negócio na fronteira entre o mundo mortal e o além. Passei a noite inteira em claro, porque o sono simplesmente não vinha — era como se eu tivesse tomado três xícaras de café seguidas.

Não fazia ideia se a falecida renasceria em alguma coisa, nem se o gato preto realmente teria entrado no sonho da filha dela para lhe entregar o *senbei*. Nada disso estava claro. Mas, no fundo, eu desejava que as duas coisas fossem verdadeiras. Com um misto de empolgação e medo, decidi aprender, uma a uma, as receitas da Hwawoldang deixadas pela vovó.

— Boa noite. Você teria *yokan* vermelho de castanha?

Um cliente apareceu enquanto eu media os ingredientes conforme a receita. Pelo terno impecável, parecia ser funcionário de um escritório. Será que ele tinha morrido no trabalho? O vigor em seu rosto, como o de qualquer pessoa viva, me deixou comovida. Aproximei-me dele, franzindo a testa.

— Nossa, seja bem-vindo! Você passou por muita coisa, não foi?

— Hã?

— Está tudo bem. Já sei de tudo. Mas, olha, você parece tão saudável quanto um vivo.

— Eu tenho gastrite...

Segurei sua mão, com toda a minha compaixão. Estava bem quente, embora fosse a mão de um morto cuja alma vagava sem rumo.

— Por que está segurando minha mão?

O homem me olhou de cima a baixo, com uma mistura de desconforto e constrangimento. Algo parecia estranho, então larguei sua mão e dei um passo para trás.

— Você é uma pessoa?

— Claro que sou uma pessoa!

— Não está... morto?

— Que história é essa?! — perguntou o homem, franzindo o rosto, claramente ofendido. — Vim porque ouvi que o *yokan* vermelho de castanha daqui era famoso, mas é só um lugar esquisito!

Ele imediatamente abriu a porta de vidro e saiu. Comecei a entrar em parafuso. Então pessoas vivas também vêm aqui... Sem saber onde mais poderia enfiar a cara, voltei ao livro de receitas e continuei a estudar as medidas. O próximo visitante só apareceu umas duas horas depois.

— Está mais motivada agora?

Era Sawol. Seus cabelos compridos estavam amarrados em um rabo de cavalo firme, e ele vestia um *hanbok* moderno em um tom de jade que lembrava a cerâmica céladon da dinastia Goryeo. Em outra pessoa, com certeza pareceria antiquado, mas em alguém com suas pernas longas e seu pescoço esguio, o traje evocava a elegância de uma peça de porcelana.

— Veio entregar mais ingredientes hoje?

— Não. Os que te dei ontem devem ser suficientes por enquanto.

Sawol desfilou pela loja, inspecionando as paredes. Passava os dedos pelas superfícies, assoprando a poeira, ou ajustando o ângulo dos objetos de decoração tortos.

Então, percebi que ainda não tinha descoberto exatamente quem ele era. Apresentou-se como fornecedor, mas também disse ser um xamã. Era um homem que conhecia os segredos da Hwawoldang e da minha avó.

— Você é mesmo uma pessoa viva?

— Sou um xamã. Jovem e esbelto.

— Tá, mas até aí você pode ser um xamã vivo ou um xamã morto, não? Estou perguntando se você está, com certeza, vivo.

— Do que é que você está falando? — indagou ele, alongando o final da frase em um tom melódico e sorrindo.

Se aquilo era algum tipo de jogo em que ele fazia o papel de professor, sabendo a resposta, mas ponderando se me contava ou não, tô fora.

Dei um passo à frente e ergui a mão na altura do rosto dele. Sawol me encarou com uma expressão confusa.

— O que está fazendo?

Tem um jeito bem simples de descobrir se alguém está vivo ou morto.

— Yeonhwa, por que sua mão...

Paf! Um som claro e seco ecoou pela confeitaria. Foi porque dei um tapa na bochecha dele. Após o vibrante som de fricção, tudo o que restou entre nós foi um silêncio pesado. Sawol franziu o cenho profundamente e agarrou meu pulso.

— Você me bateu?

Pude ver sua bochecha ficando vermelha. Definitivamente estava vivo. Levei a explicação da primeira cliente — sobre a Hwawoldang ser um lugar para os mortos se despedirem — ao pé da letra demais e só naquele dia tratei duas pessoas como se estivessem mortas. Fiz uma reverência profunda e me desculpei.

— Desculpa. É que não sei diferenciar os mortos dos vivos.

Sawol cobriu a bochecha com a mão e, num movimento brusco, aproximou seu rosto do meu. Nossos narizes quase se tocaram. Eu estava cem por cento errada, então, caso ele se zangasse, eu não poderia falar nada. No entanto, ele mudou de atitude de repente e abriu um sorriso largo, como se achasse graça de alguma coisa. Era uma situação estranha, em que quem apanhou assustava mais do que quem bateu. Tentei recuar diante de sua aproximação, mas não havia espaço suficiente para isso. Quando notei que seus cílios eram surpreendentemente longos, senti minhas bochechas ficarem tão vermelhas quanto as dele.

— Sabe, Yeonhwa, sou do tipo que devolve tudo na mesma moeda. Se não fosse pela promessa que fiz à sua avó, sua bochecha também não sairia ilesa.

— Promessa?

— Sim. Ela me pediu para ajudar você.

Sawol relaxou o rosto e se afastou. Enquanto ele resmungava, acariciando a bochecha, notei uma pulseira de contas envolvendo seu braço fino.

— Que tipo de promessa você fez à minha avó?

— É um segredo compartilhado apenas por mim, meu irmão que está no exterior e a vovó.

Isso significava que ele não tinha a menor intenção de me contar sobre a tal promessa. Passei o indicador pelo lábio inferior, tentando organizar mentalmente as perguntas que precisava fazer.

— Por acaso essa loja é amaldiçoada? Ouvi dizer que até as imobiliárias mantêm distância...

— Muito pelo contrário. Sua avó possuía um poder divino, e a energia dela acabou impregnando a loja.

— Como assim "poder divino"? Vovó era uma pessoa comum.

— Não, Yeonhwa. Sua avó provavelmente recebeu um espírito divino quando era jovem ou herdou uma energia especial de suas ancestrais. Em vez de seguir o caminho de xamã, escolheu administrar uma loja como esta. Por isso, acabei recebendo uma parte desse poder também.

Fiquei arrepiada. Minha avó, destinada a ser xamã? Mas ela nunca falou nada disso para mim. Também nunca mostrou um comportamento estranho, nem encheu a casa de amuletos. A vovó de que eu me lembrava era tão comum que, se a colocassem no meio da rua, logo se misturaria com as pessoas, sendo impossível distingui-la.

— Não se preocupe, Yeonhwa. Não sinto nenhum poder divino em você.

— Mas onde está o que a vovó escondeu? O tal "o que encontrar lá" que ela mencionou no testamento para pagar a dívida? Você não pode simplesmente me contar agora? Não sou boa em esperar. Além do mais, essa dívida não é sem juros! Enquanto o tempo passa, ela só vai aumentando!

— Não, não posso. A sua avó disse para não violar a ordem das coisas, e eu pretendo fazer exatamente o que ela me pediu.

— Que tipo de relação você tinha com a minha avó, afinal?

Sawol passou a mão sobre as contas da pulseira suavemente. Ao seu toque, as contas rústicas brilharam como âmbar. O rosto dele estampou uma saudade inexplicável.

— Ela foi a minha salvadora. E você também, Yeonhwa.

— Quê?

— Não precisa se preocupar com coisas que o tempo vai se encarregar de revelar.

Sawol apenas sorriu diante da minha pressa, como se soubesse o que se passava em meu coração. Fiquei me perguntando se não estava forçando a barra ao tentar arrancar uma história muito pessoal, então acabei não concluindo o interrogatório.

Será que eu já tinha feito algo digno de ser chamada de salvadora por alguém? A única boa ação que fiz na vida foi doar para a Unicef usando minha bolsa de estudos na época da faculdade. Mas eram só cem mil wons... Ele não podia estar falando disso.

Uma coisa era certa: a gente nunca tinha se encontrado antes. Não importava quanto eu tentasse lembrar, não tinha como. Talvez ele estivesse se confundido, já que visitava tantas lojas como fornecedor.

Sawol sentou-se na banqueta em frente ao balcão e cruzou as pernas. Apoiou o queixo na mão adornada pela pulseira de contas e descansou o cotovelo sobre o joelho. Naturalmente, suas costas se encurvaram e seu corpo se inclinou na minha direção. Entre as lapelas do *hanbok*, que deslizavam com suavidade sobre sua pele macia, uma cicatriz vermelha ficou à mostra. Parecia a marca de uma escoriação, deixada havia muito tempo. Percebendo minha curiosidade, ele logo fechou a lapela.

— O que a cliente de ontem pediu? — perguntou, mudando o rumo da conversa de propósito.

— *Senbei* de chocolate.

— E qual foi a última expressão dela?

— Ela estava sorrindo. Parecia aliviada.

— Então está tudo certo. Você ajudou essa pessoa a alcançar a iluminação.

— Mas tudo o que fiz foi preparar *senbei* de chocolate. Ela teve que se despedir da filha de um jeito tão triste...

— Não existe ninguém neste mundo sem uma história. Mas são poucos os que conseguem sorrir no final, apesar de tudo. E foi você quem tornou esse sorriso possível.

A voz lúdica de Sawol chegou aos meus ouvidos tão doce e suave como um chocolate quente. Não eram palavras vazias. Era como se uma mão invisível, carregada de sinceridade, tivesse dado tapinhas suaves nas minhas costas, e, sem ter feito nada, acabei me sentindo confortada.

Sawol se levantou do banco, tomando um leve impulso e deixando escapar um pequeno grunhido. A ideia de precisar lidar com outro morto me deixou apreensiva, então o chamei de volta:

— Sawol! Tenho medo de ficar aqui sozinha!

— Poxa, chegou mais cedo do que eu esperava — resmungou Sawol, franzindo a testa e apontando para a entrada da loja.

Mais uma vez, o sino de metal soou, anunciando a chegada de um morto. Outro que não morre mais!

O segundo cliente parecia ter mais ou menos a mesma idade de Sawol. Era muito mais alto do que ele e, ao contrário da relativa palidez do xamã, tinha um tom de pele bronzeado e saudável. Seus cabelos lisos eram de um castanho-escuro profundo, assim como os olhos. As sobrancelhas eram espessas, quase da largura de um dedo. No geral, o homem lembrava uma castanha assada no ponto ideal: robusto, firme e bem constituído.

— Aqui é a Hwawoldang... certo?

Estava na cara que ele nunca tivera qualquer conexão com a confeitaria de *wagashi* em toda a vida. O jovem correu a mão pela nuca enquanto observava o interior da loja.

Ao notar meu interesse, Sawol colocou suavemente a mão no meu ombro.

— Senhorita dona da loja, não acha que está olhando demais para o rosto dele?

— Bom, é um cliente...

— Mas você está olhando de um jeito diferente.

Não queria parecer boba, mas o que eu posso fazer se meus olhos são involuntariamente atraídos por uma aparência saudável? Sawol me irritou quando fez aquela provocação, como se estivesse me forçando a inventar desculpas esfarrapadas para o meu interesse. Ele também não ficaria hipnotizado se, de repente, uma linda mulher aparecesse na sua frente? Tudo bem que os mortos são a maioria que vem aqui, mas...

Mortos. Ao repetir essa palavra, voltei de uma vez para a realidade. Dei leves tapinhas nas bochechas e prometi a mim mesma: por mais que fosse um jovem cheio de energia, eu não ia ficar elogiando a beleza de um morto.

— Sim! A Hwawoldang é aqui mesmo.

— Ah... É que... eu... estou morto...

— Eu sei.

— Ah, é? Ainda bem! Estava preocupado de você se assustar e acabar passando mal ou coisa assim.

Ao contrário da impressão que ele passava, sua voz tremia, como se estivesse muito tenso — mas o sorriso meio desajeitado lhe caía bem.

Para ser honesta, ainda estava longe de me acostumar com tal dinâmica. Tudo era uma sequência de sustos e confusão, exatamente como o homem havia dito. Mas, para tranquilizá-lo, fingi que estava tudo sob controle. O fato de ter Sawol, um xamã, ao meu lado era o que possibilitava essa atuação serena. Se eu estivesse sozinha com um espírito, era capaz de cair para trás antes mesmo de passar mal.

— Você está morto como eu, *hyeong*?

O jovem cutucou o pequeno guizo dourado preso à cintura de Sawol. Ao ouvir o som tilintante, o xamã cruzou os braços, lançando um olhar de reprovação para o homem.

— Não estou morto, sou um xamã. E por que "*hyeong*"? Claramente pareço mais novo que você, não mais velho!

— Ah! Imaginei que você tivesse uns vinte e sete anos. Desculpa, *hyeong*!

— O que é isso, hein? Um morto atormentando um vivo?

O homem apenas disse o que via, sem nenhuma maldade, mas o rosto de Sawol se contorceu de um jeito tão exagerado que chegava a ser cômico.

— Quanto anos você tem?

— Vinte e cinco.

— Droga! Então sou o mais velho mesmo. Mas, em termos de aparência, é você quem parece ser o *hyeong*. Não é, "dona"?

Sawol virou para olhar na minha direção com uma teimosia infantil. Ele apontava alternadamente para o próprio rosto e para o do outro homem com o indicador, mas qualquer um diria que o outro parecia ter vinte e cinco anos enquanto Sawol parecia o mais velho.

— Não acho ruim parecer maduro — afirmou o jovem após uma risadinha, achando graça no comportamento do xamã.

Diante da resposta positiva do cliente, Sawol, sem saber o que dizer, cruzou os braços e bufou pelo nariz.

Vinte e cinco. Uma idade muito jovem para morrer. Uma idade em que ouvir dizer que parecer mais maduro não era ofensivo — às vezes, até desejável. Lamentei pela juventude do falecido, cuja idade era próxima à minha.

Sawol deve ter pensado o mesmo que eu, pois parou com as provocações.

— Vim porque queria encomendar uma sobremesa de presente.

— De qual você gostaria?

— Não sei bem, mas algo doce e...

— Doce e...?

— Bonito... alguma coisa assim...

— Doce e bonito? Pelo jeito, está comprando para a namorada.

— Ah, n-não é isso.

O homem agitou as mãos em negativa, mas seu rosto corado o denunciava. Mesmo tentando disfarçar, o descompasso entre suas palavras e seus gestos era evidência suficiente.

— Não era bem uma namorada...

Sawol deu um tapão nas costas do homem.

— A-ha! Você não conseguiu se declarar, né?!

— Acho que... até me declarei...

— Ué? Então vocês estavam juntos, não?

— Também não era bem isso...

— Anda, desembucha!

— É que...

Pelo visto, o homem sentia muita vergonha de contar seu passado com as próprias palavras, pois ficou gaguejando por um bom tempo. Quando parecia que finalmente ia falar, voltava a fechar a boca. Já impaciente, Sawol pegou o guizo pendurado na cintura e o colocou sobre o balcão.

— Se você não consegue contar, teremos que espiar a sua história.

— Com o guizo?

— Coloque o dedo aqui. Você também, Yeonhwa — instruiu ele, gesticulando para nós.

Os dedos do jovem tocaram a superfície arredondada do guizo.

Pensando bem, quando vislumbrei a vida da primeira cliente, estava segurando a mão dela. Aparentemente, para ler a vida de um morto, era necessário algum tipo de contato. Não precisava ser direto; um objeto específico, como o guizo, podia servir como mediador.

Sem hesitação, encostei firme meu indicador no guizo.

— Ótimo. Então vou decidir qual *wagashi* preparar depois de ver a sua história.

O homem assentiu e pronunciou seu nome. Assim que ouvi aquele nome, um doce perfume floral tomou conta do ar, e minha consciência fluiu para um passado distante.

Maehyeon não gostava nem um pouco do próprio nome.

Seu nome era composto pelo nome de família, Jang, e pelos caracteres *mae* (梅), que significa "pé de ameixeira", e *hyeon* (炫), que significa "brilhante". Ele nasceu no início da primavera, quando as flores brancas da ameixeira no quintal estavam tão lindas que pareciam iluminar a escuridão. Foi por isso que sua avó materna lhe deu esse nome. E era por isso que Maehyeon o detestava. Se fosse Daehyeon, Myeonghyeon... até mesmo Taehyeon ou Woohyeon, não se importaria tanto. Mas *Maehyeon*? Só porque as flores de ameixeira eram bonitas? Sequer tinha a pele branca como as pétalas. Desde pequeno, passava o dia inteiro grudado como uma cigarra na cesta de basquete, jogando com os amigos debaixo do sol.

Maehyeon sempre pensava que não havia conseguido se tornar jogador profissional por causa do seu nome.

Desde pequeno, ele era mais alto que as outras crianças da mesma idade, então, seguindo as sugestões das pessoas ao redor, começou a se entrosar com a bola de basquete. No ensino médio, era um talento promissor do time. Não eram todas as vezes, mas frequentemente ganhava o título de "destaque da partida" nos campeonatos interescolares. Com 1,89 metro de altura, Maehyeon jogava como ala, uma posição importante para liderar o ataque e marcar pontos para o time. No entanto, à medida que crescia, sentia cada vez mais que sua personalidade não combinava com a de um atacante.

Toda vez que me movo e percebo que as pessoas estão olhando pra mim... meu corpo trava.

Maehyeon era introvertido. Esse era o problema.

Antes da adolescência, ele era como qualquer outro garoto barulhento. Porém, conforme foi envelhecendo, o medo dos olhares alheio crescia. Era como se tivesse descoberto tarde demais que, em vez de um golden retriever, ele era, na verdade, um gato laranja. Jogar diante de espectadores se tornava cada vez mais opressivo, especialmente na hora do arremesso, quando a consciência de que todos o estavam observando o fazia vacilar.

Aposto que nenhum outro atleta passa por uma situação tão ridícula assim. Quanta humilhação...

Um jogador que se sente pressionado pelos olhares da plateia? Que preocupação mais insignificante. Maehyeon tinha tanta vergonha desses pensamentos que nunca conseguiu confiá-los ao conselheiro da *Wee Class** da escola. Ele acreditava

* Serviço de aconselhamento escolar implementado pelo Ministério da Educação da Coreia do Sul para fornecer suporte psicológico e acadêmico aos estudantes. (N. T.)

que, com o tempo, isso naturalmente melhoraria. Mas a preocupação, que parecia não ser grande coisa a princípio, não foi levada pelo tempo, e os colegas de Maehyeon passaram a pressioná-lo ainda mais.

— Nos treinos você manda bem, então por que na hora do "vamos ver" sempre estraga tudo?

— Jang Maehyeon! Se tivesse arremessado daquela distância, teria sido uma cesta de três pontos! Será que você não sabe disso?

— Se quer sair da ala e jogar de pivô, pelo menos defenda direito!

Objetivamente, não era que Maehyeon fosse ruim no basquete. Ele tinha braços mais longos que os dos garotos da sua idade e um excelente alcance nos saltos. Todos, incluindo os colegas do time, o técnico e ele próprio sabiam que sua constituição física era ótima para o basquete. Por isso, a pressão em cima dele era ainda maior. Se alguém sem talento cometesse um erro, tudo bem, dava para perdoar. Mas alguém como ele, com tanto potencial? Era quase um pecado.

Mesmo assim, no ensino médio, como jogava com colegas de longa data, cerrou os dentes e, de alguma forma, conseguiu se virar. Suas notas também não eram ruins. Por isso, não teve dificuldades em entrar na universidade por meio do teste de habilidades específicas, conseguindo uma vaga num time reconhecido nacionalmente. O esporte continuava sendo divertido para Maehyeon. Sem dúvida, era o que ele mais gostava de fazer e fazia melhor.

O problema era que seu medo crônico de ser observado só piorava. Ele passou não apenas a se sentir intimidado pelo olhar do público, mas também pelos próprios companheiros de equipe. Não conseguiu se enturmar com os novos jogadores que conheceu na faculdade. Levava tempo para se aproximar das pessoas, e a sintonia com os colegas de time também demorava a acontecer. Assim, era inevitável cometer erros e mais erros durante as partidas. Além de não acertar um arremesso válido, também errava passes importantes e era superado na defesa — e não era porque os adversários eram extremamente habilidosos. Com o passar do tempo, o simples fato de jogar, colidindo contra homens corpulentos e de vozes imponentes que mal conhecia, começou a deixar Maehyeon desconfortável.

Existem pessoas assim. Que amam cantar, mas não conseguem soltar uma única nota na frente de estranhos. Que adoram dançar coreografias de *k-pop*, mas só arriscam passos no chuveiro. Que gostam de escrever, mas ficam com a mente em branco quando participam de concursos literários. Não havia nada de errado nisso. Em todos os lugares há pessoas que, desde o nascimento, carregam medos que nunca escolheram ter. Pessoas que, mesmo sendo boas no que fazem, têm dificuldade em mostrar isso com confiança. Elas ficam acuadas sob o peso do olhar alheio. Por azar, Maehyeon era uma dessas pessoas.

— Desista do basquete.

— Me desculpe, treinador. Vou praticar mais.

— O problema não é a prática. Você simplesmente não tem perfil para o esporte.

— Mas eu não sei fazer nada além do basquete...

— Maehyeon, sabe como você fica na quadra? Rígido, uma árvore com pernas. Ficaria melhor parado, com as mãos balançando como uma árvore florida ao vento.

Maehyeon acabou engavetando seu sonho. E, mais uma vez, pensou: era tudo por causa do seu nome. Se tivesse sido chamado de Daehyeon, Taehyeon ou quem sabe Woohyeon, nunca teria ouvido palavras como aquelas.

Aos vinte e pouco anos, Maehyeon não podia suportar olhar para o passado. Teria sido melhor se tivesse estudado quieto, no seu canto. Devia ter jogado basquete apenas por hobby. Por ter escolhido um esporte como carreira, algo que não estava traçado em seu destino, chegou à metade de sua juventude sem conquistar nada. Não tinha certificações, nem proficiência em idiomas, nem um intercâmbio, nada. A realidade que um graduado em educação física enfrentava no mercado de trabalho era cruel.

— Tem tantas coisas para fazer além do basquete. Seria bom você sair um pouco de casa, fazer outras atividades... O pior é que você nunca sequer namorou.

— Eu tive uma namorada no oitavo ano, para sua informação.

— Você tá contando algo de quando mesmo? Isso não vale!

— Se não foi namoro, foi o quê, então?

— Vocês chegaram a se beijar?

— Que beijo, o quê?! Eu tinha catorze anos!

— Pelo menos deram as mãos?

— Acho que não...

— Então pode corrigir isso para brincar de casinha.

— Desgraçado!

Maehyeon, que por muito tempo só ia de casa para a quadra de basquete e da quadra de basquete para casa, não tinha qualquer lembrança que fosse digna de nota. O mesmo valia para relacionamentos amorosos. Seu primeiro amor deve ter sido uma professora responsável pela turma, mas ele nem lembrava em que ano foi isso. Provavelmente, seu grande amor platônico foi a bola de basquete, e o "amor à primeira vista" aconteceu com um uniforme novo.

Foi só depois de um tempo, quando seu cabelo antes raspado cresceu o suficiente para cobrir as orelhas, que Maehyeon teve vontade de recuperar a juventude roubada pelo basquete. Tarde demais, sentiu que precisava fazer alguma coisa. Fosse conseguir um emprego, viver um romance, encontrar o amor, fazer amizades... qualquer coisa. Ele redigiu um currículo e uma carta de apresentação. Estudou para o TOEIC e obteve um certificado em informática. O tempo que antes gastava suando na quadra passou a ser usado para tomar banho e passar perfume. Mesmo ocupado se preparando para entrar no mercado de trabalho, não recusava encontros às cegas arranjados pelos amigos. E quase sempre gostava das pessoas com quem sentava cara a cara nesses encontros.

Maehyeon imaginou um futuro em que ele usaria um terno elegante, trabalharia em uma empresa decente e andaria de mãos dadas com sua pessoa favorita. Mas ainda se sentia desconcertado por muitas coisas.

> Prezado candidato, lamentamos, mas o senhor não foi selecionado neste processo seletivo.

> Seonbae, desculpa, mas prefiro sair com alguém que tome mais iniciativa.

Como acontece com todo mundo, o presente adorava frustrar suas aspirações. Maehyeon foi muito reprovado, muito rejeitado, e ficou muito frustrado.

— É porque você é muito sem jeito, cara! Tenta ser mais confiante!

— E como eu faço para ser mais confiante?

— Se continuar batendo de frente e quebrando a cara, vai acabar se reerguendo com ainda mais confiança.

— É mesmo...?

— Endireita esses ombros! Onde já se viu, um sujeito de ombros tão largos andando curvado assim?!

Os amigos o consolavam dizendo ser só uma questão de se adaptar. Eles ainda brincavam, perguntando como um ex-atleta podia ser tão tímido. Maehyeon concordava. Quando se olhava no espelho, via um jovem adulto, forte e imponente como uma montanha, já não mais um menino. Então por que tanta hesitação? Mas não importava quanto tempo passasse, ele não conseguia se livrar daquele medo. Falar na frente de estranhos o aterrorizava, e, só de perceber que era observado, começava a suar frio. Era realmente estranho. Estava cheio de motivação para fazer as coisas direito e de determinação para viver novas experiências, mas seu corpo simplesmente não acompanhava. Assim como uma pessoa racional não consegue fingir ser emotiva e uma pessoa extrovertida não consegue se passar por introvertida sem que isso fique óbvio, Maehyeon era como um personagem de jogo que começou a partida com o equipamento errado — sua personalidade. Porém, diferente de um jogo, não havia como simplesmente trocá-la ou começar de novo.

Assim, criava coragem, firmava-se na decisão e, então, voltava à estaca zero outras dezenas de vezes.

Sentimos muito.

Me desculpa.

As portas para o mundo exterior se fecharam.

Maehyeon já havia desistido de tudo. Fazia tempo que enterrara o sonho de ser jogador de basquete, e agora só fingia estar se preparando para arrumar um emprego. Chegou a excluir sua conta no KakaoTalk e a apagar quase todos os contatos da agenda. Ele se escondeu sob as cobertas, como um urso hibernando em sua caverna, e passou a viver sem ser notado por ninguém.

A vida perdeu a graça. Na primavera, ficava em casa, no quentinho; no verão, ficava em casa, com o ar-condicionado ligado; no outono, ficava em casa, no fresquinho; no inverno, ficava em casa, com o aquecedor ligado. E assim um ano inteiro se passou sem significado algum. Até a mãe, não aguentando mais, bateu em suas costas, implorando que ele saísse de casa e ganhasse pelo menos um trocado.

Vinte e cinco anos. E lá vinha mais uma primavera sem sentido.

— Maehyeon, pode me fazer um favor? — Kyutae, que sempre lhe dava conselhos, ligou às pressas. Como haviam crescido no mesmo bairro, era o único amigo com quem Maehyeon ainda mantinha contato. — Eu ia para um encontro anual do clube na semana que vem, mas meu tio ficou doente e vou precisar ir para o interior com a família. Quebra esse galho pra mim e vai no meu lugar?

— Você precisa arranjar um substituto pra isso? Só diz que não pode ir.

— É o clube de montanhismo, e eles reservaram um ônibus para o grupo. Se não tiver o número mínimo de pessoas no dia, vão cancelar a viagem. Se eu não for, vai ficar faltando uma pessoa.

— Problema seu.

— Te dou cinquenta mil wons. Vamos lá, sr. Jang desempregado que vive levando tapa da mãe.

E foi assim que Maehyeon acabou aceitando ir ao encontro do clube a pedido de Kyutae. Até o dia anterior, estava contente, pensando nos cinquenta mil wons por uma simples caminhada. Mas na manhã do evento bateu o arrependimento.

Mas que droga! Por que fui dizer que ia? Não conheço ninguém e eles provavelmente vão ficar só em grupinhos fechados...

Culpando a decisão impulsiva, Maehyeon quase cancelou o compromisso, mas quando viu a mãe na sala se preparando para jogar uma bomba de reclamações no filho desempregado, decidiu que o melhor seria sair e pelo menos ganhar aqueles cinquenta mil wons.

O tempo estava ridiculamente bom naquele dia. Era uma manhã de primavera em que o mundo inteiro parecia ter sido pintado de azul e rosa, com cerejeiras florescendo por todos os lados.

Meio sem jeito, Maehyeon chegou ao ponto de encontro do ônibus. Já havia uma dúzia de pessoas reunidas, rindo e conversando alto.

— Com licença...

— Você é o...?

— Sou... amigo do Kim Kyutae.

— Seu nome é Kim Kyutae?

— Não, meu nome é Jang Maehyeon. Kim Kyutae é o meu amigo...

— Ah, Jang Maehyeon! Seu nome está na lista! É sua primeira vez aqui, não é? Bem-vindo ao grupo!

— Obrigado...

— Uau! Você é bem alto, hein?!

A mulher de cabelos curtos, tingidos de castanho-claro, riscou o nome dele na lista e fez de conta que estava medindo a altura de Maehyeon. Quando ele, desconcertado, deu dois passos para trás, ela, sem graça, recolheu a mão. Em seguida, um grupo de pessoas começou a cumprimentá-lo com naturalidade e se apresentou. Todos estavam de ótimo humor, assim como o tempo.

— Que bom que veio! Já conhece as regras do nosso clube, Sanjalta? — perguntou um jovem da mesma idade, estendendo a mão e olhando para Maehyeon com entusiasmo.

Parecia que as pessoas do clube eram todas extrovertidas. Falavam alto e eram animadas. O completo oposto de Maehyeon. Por dentro, ele repetia sem parar que queria ir para casa.

— Não conheço...

— Para evitar que alguém se perca, andamos em duplas. Você fará dupla com a Seohee, da administração!

O presidente do clube apontou para a mulher que estava conferindo a lista momentos antes. Seohee, de dezenove anos, era a responsável por diversos afazeres no clube. Maehyeon não estava muito inclinado a agir como se fosse próximo da mulher de quem acabara de recuar. Para ser mais exato, estava envergonhado e constrangido.

Por fim, os membros embarcaram no ônibus todos de uma vez. Seohee olhou para Maehyeon e apontou para a entrada do veículo.

Como ela precisava se sentar na frente para cuidar dos materiais, Maehyeon, sendo sua dupla, acabou indo junto, sem saber o que fazer. Um clube desconhecido. Pessoas desconhecidas. Uma trilha na qual não tinha interesse. Nem sabia o nome da montanha para onde estavam indo. Só então percebeu que vender seu dia por cinquenta mil wons não tinha valido a pena e sentiu vontade de se jogar pela janela.

— Você veio de onde?

— Eu? De casa...

— Onde fica a sua casa?

— Pelos lados de Sinsu-dong...

— Também moro por ali. Sabe aquele restaurante de *galbitang* superbarato? Já foi lá?

— A sopa de costela *galbitang* de Gwangheungchang?

— Isso! Mas quando vou lá, sempre como *seolleongtang*. O caldo de ossos é bem encorpado, mas não é salgado...

Seohee era tagarela. Perguntava de tudo, sem cerimônia, e respondia até o que ninguém tinha perguntado. Maehyeon sentia como se sua energia estivesse sendo drenada. Por outro lado, achava que era um alívio tê-la ao seu lado, falando sem parar, como uma boneca de corda. Pelo menos assim ele não precisava se sentir inquieto num silêncio constrangedor.

— Então... mais cedo, quando falei o nome do Kyutae, você pareceu não reconhecer... Não conhece mesmo meu amigo?

— Não tem ninguém com esse nome no nosso clube.

— O quê? Mas eu vim no lugar do Kyutae para completar o número mínimo de pessoas no ônibus!

— Número mínimo? Isso não existe. O ônibus já foi pago, então, mesmo que tenha só uma ou duas pessoas, ele sai do mesmo jeito. Aliás, seu nome estava na lista de inscrição para novos membros.

Seohee riu de maneira inocente, como uma criança. O sorriso dela, iluminado pelo sol que entrava pela janela, era tão puro que fez Maehyeon se sentir um completo trouxa.

Só então percebeu: tinha mesmo sido feito de trouxa. Tudo aquilo não passava de um plano ousado do seu melhor amigo para tirá-lo de casa.

✿

Cada membro do clube tinha seu próprio ritmo para subir a montanha. Naturalmente, pequenos grupos se formaram entre as pessoas que caminhavam na mesma velocidade. Lá na frente, onde todos avançavam com energia, ouviam-se canções animadas que combinavam com o clima. Eles não hesitavam em colocar as pernas para trabalhar e suar. O grupo do meio subia a montanha conversando sem parar. O esforço para trocarem mais algumas palavras, mesmo sem fôlego, era a prova do quanto eram próximos.

Seohee e Maehyeon eram o grupo dos últimos.

Isso é moleza...

Na verdade, Maehyeon não estava nem um pouco cansado. Seus músculos, moldados por anos de treino, estremeceram, prontos para disparar contra o vento da montanha a qualquer momento. Contudo, para não chamar a atenção, ele mantinha o corpo ligeiramente curvado e subia a montanha devagar. Apesar de seu porte, fingia não ter habilidade para aquilo e caminhava em silêncio, assim ninguém desconfiaria de nada.

— Ai, tô morrendo! Como isso é difícil!

Seohee, porém, estava sendo sincera. Por mais que desse o seu melhor, não conseguia acelerar o passo. Parava de tempos em tempos para comer um chocolate, recuperar o fôlego e massagear as coxas. Toda vez que ela fazia uma pausa, Maehyeon, por estar na mesma dupla, não tinha escolha a não ser parar junto.

— Se meu ritmo estiver lento demais para você, pode ir na frente.

— Não, tá tudo bem...

— Sério, não precisa me esperar. Você não quer aproveitar para socializar com o pessoal?

— Na verdade, não...

Maehyeon não estava realmente esperando por Seohee. Se mostrasse sua resistência física, só acabaria chamando atenção, então pretendia ficar o mais afastado possível do grupo e passar despercebido.

Kyutae, seu desgraçado intrometido...

Por dentro, culpava Kyutae por tê-lo arrastado para aquele lugar. Mas, pensando bem, não pôde deixar de se perguntar o quão patético devia parecer a ponto de o amigo ter que armar algo assim para ele. Já estava ali, então não tinha mais volta. Sem outra opção, só restava continuar subindo a montanha.

— Devia ter trazido água.

— Aqui...

— Ah, obrigada! Nossa, você bebe da Samdasoo? Dizem que é a mais gostosa...

Seohee continuava falando pelos cotovelos. Não só falava sozinha, como tentava puxar conversa o tempo todo. Além disso, parava constantemente para pedir que Maehyeon tirasse fotos dela.

— Tira uma aqui, debaixo dessa árvore florida, por favor!

— Tá...

— Ficou bonita?

— O quê?

— A árvore florida.

— Ah, é bonita...

Uma brisa agradável soprou e as flores penduradas em cada ramo balançaram como sinos de um templo. O som das folhas roçando umas nas outras se transformou em uma melodia, ecoando por todos os lados. Enquanto isso, os outros membros do clube já haviam avançado bastante e sumido de vista. Maehyeon e Seohee, sozinhos, subiam um pouco, paravam para descansar, depois voltavam a subir, repetindo esse ciclo várias vezes.

Maehyeon achava intrigante como aquela mulher continuava pedindo para ele tirar fotos dela sem o menor constrangimento. Também era incrível a espontaneidade com que fazia todos os tipos de pose assim que a lente da câmera era apontada em sua direção. Seohee era alguém como ele: tinha um tronco, pernas, cabeça... Mas como conseguia ser tão sociável? Mesmo se o céu desabasse, era o tipo de pessoa que ele jamais entenderia.

Eram duas da tarde quando olhou para o relógio. Num dia comum, a essa hora, estaria largado na cama, ouvindo a TV ao fundo. Quando dessem três horas, seria consumido pela incerteza do futuro. Às quatro, se perderia em pensamentos pessimistas. Às cinco, se afundaria na autodepreciação. Mas hoje foi diferente.

Uma brisa soprou, carregada com o cheiro de pinho. Pela primeira vez em muito tempo, sentiu como se estivesse respirando de verdade.

— Você tira ótimas fotos!

— Ainda bem que você acha...

— Tem um olhar muito sensível.

— Eu?

Seohee apontou para a foto que ele havia tirado. Ela estava enquadrada no centro, e até o brilho fora ajustado para realçar as cores das flores nas árvores. Tudo graças à sensibilidade de Maehyeon.

— Dizem que as pessoas tímidas costumam ser mais sensíveis. Vou cuidar de você, por isso fique pertinho de mim!

Maehyeon olhou para Seohee de cima a baixo. Ela era muito menor que ele. *Cuidar de mim? Você nem consegue acompanhar o ritmo do grupo da frente... Não acha que devia se preocupar primeiro consigo mesma, ofegante desse jeito?*, pensou. Mas Seohee, alheia aos pensamentos dele, apenas deu de ombros e fez uma pose como quem diz para confiar nela. Maehyeon achou graça no jeito da mulher, que parecia não se enxergar. Ainda assim, sentiu-se agradecido por Seohee considerar a timidez dele como sinal de sensibilidade. Até então, sua personalidade sempre fora considerada uma falha, um ponto fraco — nunca algo positivo. Ainda que ouvir isso de alguém tão menor e com menos resistência para trilhas fosse um tanto inusitado.

Era incrivelmente fofo.

Os dois continuaram a subir. Quando chegaram na metade da montanha, avistaram um banheiro público, com uma lixeira logo à frente. Agora mais relaxado, Maehyeon amarrou o saco de lixo da dupla com firmeza e, assumindo a postura de arremesso de uma bola de basquete, lançou-o. A sacola desenhou uma parábola no ar e entrou diretamente na cesta.

— Uau! Parece até um jogador de basquete! — exclamou Seohee, batendo palmas como um foca.

Eu não pareço um jogador, eu fui um jogador. Maehyeon queria se gabar, mas só conseguiu fazer uma cara de constrangimento.

Carvalho, pinheiro, salgueiro... Seohee sabia identificar cada espécie de árvore e fazia questão de apontá-las, sem deixar nenhuma de fora. Subir a trilha íngreme já era difícil por si só, e falar ao mesmo tempo fazia com que metade da conversa se resumisse a arfadas. Foi então que ela pisou em uma pedra solta e acabou escorregando. Quando Seohee reclamou de dor, Maehyeon suspirou e, sem alternativa, colocou-a nas costas. Carregar uma garota que acabara de conhecer era tão absurdo que ele soltou uma risada incrédula.

— Seu sorriso cai bem em você — elogiou Seohee, alheia à situação. — Aposto que era superpopular na época da escola, não era?

— Quem? Eu? Nem um pouco...

— Devia ser e nem perceber, já que você é bonito.

Aquele arremesso direto, sem nenhuma curva, pegou Maehyeon de surpresa. Os amigos já tinham elogiado sua aparência algumas vezes, mas ele nunca levou a sério, achando que era só conversa fiada.

Por outro lado, Seohee também achou Maehyeon intrigante. Embora soubesse ser errado julgar alguém pela aparência, achava curioso como sua verdadeira personalidade destoava tanto da imagem que transmitia. Seohee não era do tipo que escondia seus sentimentos de forma calculista. Se gostava, gostava; se não gostava, não gostava. Para alguém em plena juventude como ela, sentimentos não eram algo que exigisse um mês de espera ou um ano de ponderação.

Na montanha, ainda restava uma única ameixeira cujas flores não haviam caído completamente. Assim que Maehyeon a colocou no chão para descansar, Seohee mancou até a árvore para se abrigar do sol. Enquanto abanava o rosto com a mão, na tentativa de esfriar as bochechas ardentes, fez um sinal para Maehyeon se juntar a ela. Ele ficou parado, observando a cena por um momento. A ameixeira — que ele nunca tinha visto com bons olhos — de repente parecia mais agradável com a presença daquela estranha.

— Posso te perguntar uma coisa?

— Claro... Por mais que já tenha feito um monte de perguntas...

— Você está saindo com alguém?

Um deslizamento de terra aconteceu nos olhos de Maehyeon. Suas pupilas oscilavam de um lado para o outro. Ao ver aquilo, Seohee soltou uma risada curta, como se estivesse assistindo aos primeiros passos desajeitados de uma criancinha. Diante daquele riso atrevido, Maehyeon congelou, como se tivesse levado um arremesso certeiro de três pontos bem na cara.

Porém, se fosse esse tipo de arremesso, ele não se importaria de levar quantos fossem.

❀

Seohee, com seus dezenove anos, era como um raio de sol.

Depois de anotar o número de Maehyeon no celular, ela começou a perguntar o que ele fazia nos fins de semana, sugeriu que comessem juntos e até propôs um passeio no parque.

Mas que garota estranha...

Quando percebeu, já sabia o número dela de cor, ansiava pelos fins de semana, comia com ela e passeava pelo parque ao seu lado. O simples fato de alguém procurá-lo era ótimo, mas o que tornava tudo ainda melhor era o fato de ser Seohee. Ela era como o sol, sempre radiante e sorridente, o tipo de pessoa que ninguém conseguia odiar. Maehyeon até se sentia grato por uma pessoa assim lhe dar atenção.

Os dois continuaram se encontrando com frequência até que a primavera chegou ao fim.

— *Oppa*, qual é o seu tipo ideal? Acho que você nunca me disse.

Seohee ainda tinha muitas perguntas. Isso significava que ainda havia muitas coisas sobre Maehyeon que ela queria descobrir. A única mudança foi que as formalidades deram lugar a uma conversa mais casual.

— Alguém de boa personalidade — respondeu Maehyeon.

— Quem diz isso geralmente tem um padrão altíssimo.

— Gostar de você significa que meus padrões são altos?

— Hã?

— Ah, n-não! Falei errado! Tava pensando em outra coisa...

— Tava viajando no meio da conversa de novo, né?

Maehyeon agitou os braços, desconcertado. Embora saíssem para comer e ir ao cinema, ainda não eram oficialmente um casal. Ele nunca disse "gosto de você" para alguém que não fosse da família, por isso ficou bastante atordoado quando aquela verdade escapou de forma inesperada. Ao mesmo tempo, percebeu o que já era iminente: com o passar do tempo, seria cada vez mais difícil esconder o que sentia.

— Então... e você?

— Tá curioso pra saber qual é meu tipo ideal?

Naquele momento, Maehyeon também tinha algo que queria saber. Seohee inclinou a cabeça, fingindo pensar por um tempo e logo respondeu:

— Alguém responsável! Meu pai foi muito irresponsável com a família quando eu era criança, e isso foi difícil pra mim. Agora, moro só com a minha mãe. Por isso quero alguém que seja o oposto dele. Uma pessoa responsável e que sempre cumpre a sua parte.

Apesar do sorriso constante, a vida de Seohee também tinha seus altos e baixos. Maehyeon sentia que as feridas de uma pessoa sempre alegre pareciam mais dolorosas do que as de alguém melancólico; por isso, teve compaixão pela sempre tão animada Seohee.

Então era por isso?

Maehyeon relembrou a imagem de Seohee na encosta da montanha. A jovem parecia mais humana do que nunca, e isso o fez querer ajudá-la.

— Do mesmo jeito que gosto de pessoas responsáveis, quero ser mais responsável também... Será que isso me faz parecer durona demais?

— De jeito nenhum.

— Às vezes fico preocupada. E se esse meu jeito de viver, assumindo tantas responsabilidades, me tornar... menos atraente? Uma vez, um cara que conheci em um encontro às cegas falou que não gostava disso. Disse que eu era muito independente, que tentava resolver tudo sozinha, e que eu precisava ser mais dengosa...

Sem dizer nada, Maehyeon acariciou a cabeça de Seohee, como quem acalma um cachorro ou um gato ansioso. Ela ficou surpresa num primeiro momento, mas logo se alegrou. Até mesmo a forma honesta com que expressava sua preocupação em parecer durona demais tinha algo de adorável aos olhos dele.

Responsabilidade. Não era exatamente o ponto forte dele. Mas, de alguma forma, sentiu uma vontade crescente de mudar. Estava convencido de que, ao se espelhar nas qualidades admiráveis dessa mulher, poderia viver de forma diferente a partir daquele momento.

— Seohee?

— Hum?

— Posso usar a foto que tirei de você na montanha como fundo de tela do meu celular?

Aos vinte e cinco anos, Maehyeon decidiu ser o primeiro verão de Seohee, que tinha dezenove.

Numa noite durante a semana, Maehyeon chamou Kyutae para comer numa barraca de rua perto de sua casa. Kyutae estava uma pilha de nervos, tremendo só de imaginar ser repreendido por ter inscrito o amigo no clube de montanhismo sem permissão. Embora tivesse feito isso com a melhor das intenções — proporcionar uma boa experiência ao amigo que não saía mais de casa —, estava preparado para pedir desculpas de mãos e pés juntos caso Maehyeon ficasse bravo.

A barraquinha estava tranquila, sem clientes. Sobre a mesa redonda de plástico, repousavam duas garrafas de cerveja, um prato de lula semisseca e uma porção de amendoins. Maehyeon, com um olhar difícil de decifrar, mastigava lentamente um tentáculo de lula. Assim que percebeu a presença do amigo, sem nem se dar ao trabalho de cumprimentá-lo, arrastou para perto de si uma cadeira de plástico branca.

— Você chegou? Senta aqui.

Era a chamada "cadeira da verdade da meia-noite", onde, ao se sentar cara a cara com alguém, até segredos milenares podiam ser revelados. Kyutae engoliu em seco, fez um cumprimento meio rígido e, nervoso, se sentou.

— Kyutae, você namorou quando tinha dezenove anos, né?

Ao contrário da expectativa, o que veio foi uma pergunta aleatória.

— Namorei.

— E vocês costumavam trocar presentes no Dia dos Namorados?

— Claro que sim. Mas por quê?

A conversa estava tomando um rumo completamente diferente do que Kyutae imaginava. Ele relaxou de imediato e tomou um grande gole de cerveja, que desceu suave e refrescante.

— E no Dia da Maioridade?* O que você deu?

— Não me diga que você...?

Kyutae não conseguiu conter o sorriso de canto que se formava em seus lábios, como um pai ouvindo o filho confessar uma paixonite do jardim de infância. Maehyeon agitou as mãos, dizendo que ainda não estava nesse estágio, mas acabou soltando um sorriso bobo igual ao do amigo.

— Tenho que te agradecer por ter armado aquela bobagem pra mim.

— Ah, seu danado! Finalmente a primavera chegou pra você!

— Ei, não faz escândalo.

Kyutae ficou feliz ao ver, depois de tanto tempo, aquela cara de bobo. Sentiu-se aliviado por ter ajudado, mesmo que de um jeito meio louco, aquele amigo que, depois de desistir do sonho de ser jogador de basquete, havia se fechado para o

* Celebrado na terceira segunda-feira de maio, o Dia da Maioridade marca a entrada na vida adulta dos jovens que completam dezenove anos (ou vinte, segundo o antigo sistema de "idade coreana") no ano vigente. Na Coreia do Sul, os presentes tradicionais dessa data incluem rosas, perfume e um beijo. (N. T.)

mundo. Claro, era difícil dizer que inscrevê-lo às escondidas no clube de montanhismo fosse a forma mais apropriada de mostrar suas boas intenções, mas, no fim das contas, acabou sendo algo benéfico para Maehyeon. Ele não passaria mais seus dias deitado na cama, mexendo no celular sem propósito.

— Maehyeon, hoje é por minha conta. Fiquei de bom humor agora!

— Pô, valeu!

— Espero que tudo dê certo pra você.

— Tá, agora me conta o que você fez no Dia da Maioridade.

— Hmm... Eu comprei um perfume e um buquê de flores pra minha namorada, e ela me deu uma carteira de presente.

— E dar esses presentes nesse dia teve um significado especial, não teve?

— Claro que teve! Dezenove anos, maioridade, um novo começo! O presente de alguém que esteve com você nesse momento é algo inesquecível. Aquela carteira tá lá em casa até hoje.

Kyutae, tentando mudar o clima, arrastou a cadeira mais para perto da mesa e perguntou:

— Mas por que todo esse papo de Dia da Maioridade. Você já tem vinte e cinco anos!

— Porque ela tem dezenove.

— O quê? Seu papa-anjo safado!

Pasmo, Kyutae atirou um amendoim em Maehyeon. O ex-jogador de basquete desviou agilmente, virando a cabeça para o lado.

— Acho que não dá, né?

— Tô só brincando.

— Ufa.

— Mas, olha, você é seis anos mais velho, então trata de conduzir isso com responsabilidade.

— Responsabilidade, hein...

— Quando duas pessoas se relacionam, o mais importante não é o dinheiro, é a responsabilidade.

Maehyeon, sem responder, virou o restante da cerveja em um gole só e ficou pensativo. Responsabilidade. Seohee havia mencionado isso antes, e agora era Kyutae quem tocava no assunto. Se tanto a garota de quem gostava quanto seu amigo mais próximo falavam disso, então talvez o que ele mais precisasse naquele momento fosse um senso de responsabilidade.

— Maehyeon, você sabe do que ela gosta?

— Hmm... Acho que montanhismo não é a praia dela. Depois que a gente se conheceu, nunca mais subimos uma montanha.

— Então, do que acha que ela gosta de verdade?

Maehyeon refletiu. *Do que será que Seohee realmente gosta?* Ela comia bem tanto espaguete ao pomodoro quanto fettuccine alfredo... Também não fazia cerimônia com carne de cordeiro ou de porco. Gostava de tudo que pessoas da idade dela costumam gostar. Mas dizer que gosta de tudo não significa, na verdade, não ter preferência alguma? Ele percebeu que não sabia do que Seohee realmente gostava. Em suas lembranças, ela estava sempre com uma expressão feliz ao seu lado. Falava o tempo todo, se movia e mantinha contato visual. Nunca, nem uma vez, viu qualquer sinal de insatisfação da parte dela.

— Acho que... ela gosta de mim...

— O quê?

— Ela parece gostar mais de mim do que de qualquer outra coisa.

— Seu maluco!

Com uma mistura de irritação e inveja, Kyutae pegou mais um punhado de amendoins e começou a atirá-los em sequência. No entanto, Maehyeon se esquivou de todos, mantendo a mesma expressão séria.

— Trata ela bem.

— Claro, não precisava nem falar...

— Quero dizer *melhor* do que você tá pensando. Ela tem dezenove anos.

— Eu sei. É óbvio que preciso cuidar bem de uma garota mais nova...

— Não é só por causa da idade. Ela só vai ter dezenove anos uma vez na vida e escolheu dedicar todo o seu afeto a você. Então, de pessoa para pessoa, trate-a bem, com total responsabilidade. Não leve isso na brincadeira nem ache que pode relaxar só porque ela gosta de você. Esse sentimento, que te faz perceber o quanto ela gosta de você, é algo realmente precioso.

Maehyeon não se incomodou com o sermão do amigo da mesma idade. Ele assentiu de leve com a cabeça. Exatamente como Kyutae disse, também queria ser bom para Seohee. Não porque ela era nova nem por ser mulher, mas porque foi a pessoa que aceitou sua existência incondicionalmente.

Perfume e um buquê de rosas. Kyutae avisou que não precisava quebrar a cabeça pensando em algo muito diferente. Enquanto ensaiava uma confissão para entregar com os presentes, Maehyeon sentiu um arrepio estranho percorrer seu corpo. Sentia medo de que, se as palavras "vamos namorar?" saíssem de sua boca, fosse atingido por um raio. Não dizem que quando a gente faz algo que nunca fez pode até morrer disso?

Só de se imaginar dizendo coisas melosas para Seohee, sentia vontade de rir e, ao mesmo tempo, tremia de nervoso, mas não podia negar que também era tomado de felicidade.

Então, a única coisa que restava era a questão do dinheiro.

— Vamos lá, pessoal! A remessa chega hoje.

— Entendido!

— Façam o favor de trabalhar rápido. Estamos na alta temporada, então cada segundo conta!

O que ele escolheu para ganhar dinheiro foi um trabalho no setor de logística de entregas. O serviço consistia em separar as encomendas de acordo com os endereços e, como só exigia esforço físico e o pagamento era imediato, não havia nada melhor que isso para Maehyeon. A diária de cem mil wons era uma fortuna para quem nunca ganhou um centavo na vida. Ele não contou nada para Kyutae ou para os pais, pois provavelmente ficariam preocupados e tentariam convencê-lo a procurar outro trabalho.

— Sempre prestem atenção no que vem atrás! Se as mãos da frente pararem, as de trás ficam irritadas. Portanto, não se distraiam!

O supervisor deu uns tapinhas firmes nas costas do jovem, encorajando-o. Maehyeon, afobado, separava as caixas de entrega que chegavam sem parar, como uma correnteza. Embora estivesse rodeado de pessoas, ninguém trocava uma palavra. Sentia-se como uma peça em uma grande engrenagem. Com as costas ligeiramente curvadas, pegava uma caixa, lançava-a, pegava mais uma e lançava outra vez — por várias horas, sem descanso. Os músculos do antebraço queimavam, e o suor escorria de sua testa como chuva.

— Hehehe!

Ainda assim, Maehyeon ria incontrolavelmente, sem perceber. Seus braços pareciam prestes a arrebentar de dor, mas, comparado ao dia em que carregou Seohee montanha acima, aquilo nem parecia tão exaustivo — a ponto de ainda conseguir sorrir fazendo um trabalho tão árduo. *Quando o dinheiro cair na conta, vou comprar tanta coisa gostosa para Seohee que ela não vai mais perder nem um grama*, prometeu a si mesmo.

Assim, Maehyeon trabalhou no turno da noite como auxiliar de entregas por três dias. Com trezentos mil wons no bolso, tinha o suficiente para comprar um presente e passar um dia incrível. No último dia de trabalho, ele saiu do depósito durante uma rara e preciosa pausa para falar com Seohee.

Que tal a gente se ver no próximo sábado? Vou te esperar no parque.

Ele mandou a mensagem com a desculpa de não ter conseguido dormir. Suor escorria por seu queixo. Instintivamente, levantou a mão para enxugar as gotas e acabou deixando o celular cair.

Por que tinha que cair justo no bueiro?!

O pequeno mundo que o conectava a Seohee, a única ponte entre eles, desapareceu na escuridão. Desesperado, Maehyeon tentou levantar a grade do bueiro, mas não conseguiu só com as mãos. Precisava de algum tipo de alavanca. O som de água corrente vindo do fundo do esgoto o deixou impaciente. Se a água estivesse mesmo avançando, era óbvio que o celular não ficaria parado ali — seria levado até uma estação de tratamento distante. Nesse caso, seria impossível recuperá-lo. E ele não tinha a menor intenção de gastar o dinheiro suado em um telefone novo.

Quem sabe com esses braços longos...?

Sem outra opção, Maehyeon enfiou o braço comprido no buraco e tentou puxar o aparelho à força. O esgoto era raso, e a ponta dos dedos tocou a água, formando pequenas ondas. Se agitasse a mão um pouco mais, talvez conseguisse pegar o aparelho.

Onde é que você tá...?

Não estava funcionando como ele imaginava. Então se deitou de bruços, encostando o rosto na grade do bueiro para enxergar melhor. No entanto, com o breu da noite, era difícil distinguir qualquer coisa. De repente, uma luz intensa clareou o local, tornando visível o interior do bueiro. Aparentemente, alguém o estava ajudando com uma lanterna. Maehyeon se encheu de esperança e aproveitou para localizar o celular. Se esticasse o braço ao máximo, havia uma chance de pegá-lo. No momento em que ia suspirar de alívio...

— Ei, ei! Cuidado aí!

Quando Maehyeon levantou a cabeça, assustado com o aviso, o que viu não foi alguém com uma lanterna. Era uma van de entregas, com as luzes traseiras acesas, avançando em sua direção.

Todos tiramos as mãos do guizo ao mesmo tempo.

Depois de vislumbrar a vida de outra pessoa, escolher as palavras certas para falar pela primeira vez não era nada fácil. Pensei que até mesmo o desejo de confortá-lo poderia ser egoísmo, então me contive para não falar nada precipitado... No fim, não encontrei algo que pudesse dizer. Foi Sawol quem rompeu o silêncio constrangedor.

— Maehyeon... Você morreu encalhado!

Era uma fala totalmente despretensiosa, porém, Maehyeon não pareceu ofendido e apenas concordou com a cabeça. Ele tirou o celular do bolso, reuniu coragem e mostrou a tela de fundo. Era a foto de uma jovem sorrindo inocentemente sob uma árvore florida, tirada em um dia de primavera, havia muito tempo.

Maehyeon acrescentou que, mesmo depois de sua morte, ninguém jamais conseguiu encontrar aquele telefone. Por isso, Seohee só soube do ocorrido bem mais tarde. Ele se lamentava profundamente, sentindo que isso também foi culpa de sua personalidade tímida, já que não contou sobre sua relação com ela a quase ninguém.

— Hoje em dia, faz sentido não saber imediatamente da morte de alguém querido?

— Pois é, mas muitas coisas sem sentido acontecem neste mundo dos vivos.

— Um atleta como eu ter passado a vida toda com a vergonha ao lado também não faz o menor sentido, né? É estranho — disse Maehyeon, com uma expressão amarga, coçando a lateral da cabeça.

As palavras dele soavam como se estivesse cutucando as próprias feridas, e isso partiu meu coração. No entanto, ele, que já havia experimentado a morte, parecia bem tranquilo.

— A vida é isso mesmo. Uma sequência de coisas que não fazem sentido.

Ao imaginar a jovem esperando por ele durante horas no dia do encontro marcado, Maehyeon se sentia atormentado pela culpa, mesmo depois de morto. Ele contou que naquele dia fazia exatamente três anos desde que tinha morrido. A princípio, deveria ter vindo para a Hwawoldang quarenta e nove dias após sua morte, mas, por ainda ter uma pendência, permaneceu vagando ao redor de Seohee até que, após três longos anos, enfim precisou vir.

— Por isso pediu a coisa mais doce e mais bonita que tivesse!

— Queria dar algo que se parecesse com ela...

— Vamos te ajudar!

Lembrei de uma ótima ideia de sobremesa. Sem hesitar, procurei a receita de *wagashi* em forma de flor no livro de receitas da vovó.

O *wagashi* de flor é o doce mais emblemático da confeitaria tradicional japonesa. É uma sobremesa açucarada e colorida cuja decoração é inspirada em flores ou pequenas frutas. Por ter uma aparência tão bonita, é um presente muito apreciado para oferecer a alguém especial. No caderno de receitas deixado pela minha avó, havia o modo de preparo de *wagashi* em forma de camélia, flor de cerejeira e girassol. No entanto, o que eu tinha em mente era outra flor.

— Vou fazer uma flor de ameixeira.

O primeiro passo era transformar a pasta de feijão-branco em uma massa maleável, misturando-a com farinha de arroz glutinoso e água, depois aquecer no micro-ondas até alcançar a textura ideal para modelagem. Em seguida, adicionar corante conforme a preferência, porém, para criar uma flor de ameixeira branca, deixei a pasta em sua cor natural. Em vez disso, moldei separadamente uma pequena parte em amarelo e a coloquei no centro, representando os estames da flor. A flor de ameixeira é bastante semelhante à de cerejeira, exceto por uma diferença sutil: enquanto as pétalas da cerejeira são bifurcadas nas pontas, as da ameixeira têm uma extremidade arredondada. Modelei pétalas tão suaves quanto o sorriso gentil da garota na foto.

No caso dos *wagashi*, a aparência conta mais do que o gosto, então não era necessário ficar pensando em sabores complexos. Por isso, consegui terminar cinco deles rapidinho. Em uma caixa de cipreste, coloquei as flores enfileiradas e finalizei a embalagem.

— Gostou?

Exibi a caixa com orgulho, e Maehyeon pareceu empolgado. Ele pegou o *wagashi* extra que ofereci e o mordeu com satisfação.

— Que delícia! Acho que Seohee vai adorar. Mas... como vou entregar isso para ela?

— Aqui é uma confeitaria, não uma empresa de delivery! — interveio Sawol. — É sempre assim... Os mortos que vêm aqui querem que a gente dê conta da entrega também!

— Mas não faz sentido só eu comer...

Mesmo com todas as reclamações de Sawol, Maehyeon não demonstrou irritação em momento algum, só que, ao ouvir que ali não fazíamos entrega, seu ânimo foi embora. Ele parecia um grande golden retriever encharcado, o que só me deixava com mais pena dele.

— Eu ajudo!

— Ué? E como você vai conseguir isso, Yeonhwa?

— Você também vai ajudar, Sawol. Não vai?

— Eu? Não, obrigado. Me inclua fora dessa. Sabe o quanto sua avó já me explorou?

Ele balançava a cabeça, exasperado. Alegou que, por ser um jovem xamã, já tinha comido o pão que o diabo amassou nas mãos da minha avó e afirmou categoricamente que não cederia ao meu pedido por nada neste mundo. Quanto mais Sawol reclamava, mais Maehyeon assumia uma expressão desolada. Ao ver aquele olhar magoado, a compaixão tomou conta de mim, e insisti ainda mais no pedido de ajuda.

— Sawol! Ajude o Maehyeon só desta vez, vai! Ele está morto!

— Ei, Yeonhwa! Você está cheia de segundas intenções agora. Acorda! Ele já morreu!

— Olha só para aqueles olhinhos! Só alguém muito cruel poderia recusar ajuda depois de ver isso!

Quando agarrei as mãos de Sawol e implorei, ele enfiou o guizo no bolso e, fingindo relutância, concordou com a cabeça.

— Maldita obsessão pela aparência...

Apesar de ter dado um piti, dizendo que não suportava ser incomodado, Sawol cedeu no final. Pelo visto, por trás daquela fachada, ele tinha um coração mole. Acho que a vovó também pedira a ajuda dele inúmeras vezes dessa mesma forma. Por algum motivo, ver esse seu lado me fez sentir que ele era mais humano, e não consegui manter mais nenhuma antipatia.

O plano era simples: encontrar Seohee e entregar os *wagashi* de flor. Mas Sawol impôs uma condição: pessoas comuns jamais poderiam saber que a Hwawoldang era um lugar que conectava os vivos e os mortos. Ele explicou que, se muitas pessoas tentassem explorar essa energia espiritual misteriosa, as chances de algo ruim acontecer aumentariam, tornando tudo perigoso. Afinal, poderes secretos só perduram quando são mantidos em segredo. Por isso, não podíamos contar os detalhes a Seohee.

Ao ver Maehyeon desapontado, Sawol suspirou e disse:

— Escute aqui, grandão. Isso não é um centro de aconselhamento para gente morta. Só de estar quebrando esse galho para você, já está recebendo tratamento VIP, ok?

— Mas, se eu não posso explicar o que senti depois de morrer, qual o sentido disso tudo?

— Não se trata de explicar, mas de se libertar do rancor que te impediu de partir por três anos. Você não quer renascer? Comprar *wagashi* na Hwawoldang é como adquirir um bilhete de transferência. Esse ato, por si só, já te dá a chance de reencarnar. Sabe o que isso significa? Hoje é o último dia em que você se lembrará de Lee Seohee como Jang Maehyeon.

Sawol conhecia melhor do que ninguém a Hwawoldang, os mortos e todas as regras desse mundo. Eu prestava atenção em suas explicações com a mentalidade de uma aprendiz.

Sem que percebêssemos, o gato preto reapareceu na entrada da loja. Soltando um miado, parecia nos chamar para segui-lo.

— Se ele apareceu, deve saber onde Seohee está.

— Esse gato não é um gato comum, certo?

— Provavelmente, ele tem tanto poder divino quanto eu. Não é qualquer um que pode aparecer por aqui.

Seguimos o gato até um parque não muito longe da Hwawoldang. Quando Maehyeon comentou que era o parque onde costumava encontrar Seohee, Sawol retrucou:

— Você deu sorte. Se fosse muito longe, o gato nem teria vindo. No máximo, teria mandado uma mensagem em sonho.

— E se isso também for a vontade de alguém?

— De quem?

— Algo como o destino, que observa a vida e a morte do alto, talvez?

— Ou pode ser só travessura de um espírito.

Colocamos a caixa de *wagashi* sobre o banco do parque. No meio da noite, sob a luz amarelada do poste, não havia sinal de ninguém.

— Acho que é só esperarmos. Uma hora ela aparece por aqui — disse Sawol, limpando a poeira do banco.

— *Hyeong*, será que posso pegar seu corpo emprestado por um tempinho?

— Quê?!

— Pelo que vejo, a dona aqui tem o canal espiritual completamente fechado, mas o seu está aberto porque é um xamã. Então consigo entrar.

— Ah, não, não. Não estou a fim de ser possuído...

Nesse momento, o gato preto soltou um miado estridente e desapareceu no mato. Segui o animal e me escondi também. Os corpos dos dois homens se sobrepuseram, até que Maehyeon desapareceu e Sawol começou a se queixar de uma forte dor de cabeça. Quando percebi que a alma de Maehyeon estava no corpo dele, imediatamente gritei para que pegasse a caixa de cipreste.

— Mas que espírito abusado...

Enquanto Sawol segurava a cabeça latejante, tentando recobrar os sentidos, uma mulher surgiu ao longe, caminhando em sua direção. Apesar da baixa estatura, balançava os braços com confiança e uma aparência fofa em geral. Sem dúvida era Seohee. Pela maneira como se jogou no banco, aos soluços, dava para ver que estava caindo de bêbada. Sawol tapou o nariz, fazendo uma careta por causa do cheiro de álcool.

— Ei, se você bebeu, deveria ir direto para casa. Por que vir até o parque e...

— Não fala comigo, tio.

— *Tio*?

Sawol também notou que era Seohee. Ela, meio deitada no banco, com muita dificuldade conseguiu se endireitar.

— Tinha um encontro, mas me deixaram plantada. Tô de péssimo humor, então não fala comigo.

Do outro lado, atrás dos arbustos, acenei com a cabeça, como um sinal para ele entrar no jogo e responder às palavras de Seohee. Contrariado, Sawol cruzou os braços e continuou a conversa.

— Ué, se não gosta de ficar plantada, por que veio logo para um lugar cheio de árvores em vez de ir para casa?

— Quem é você pra me provocar assim?

— Só estou falando porque um conhecido irresponsável meu também deixou a garota que gosta plantada.

— Que cara lixo!

Vi os ombros de Sawol, possuído por Maehyeon, estremecerem.

— Tio, por que gostar de alguém tem que ser tão difícil...?

Seohee relaxou os ombros e inclinou a cabeça. Suas bochechas coradas pelos efeitos do álcool ficaram claramente visíveis sob a luz do poste.

— Por que você acha isso?

— Sei lá. A pessoa de quem eu gostava partiu há muito tempo, e desde então não consegui me envolver com mais ninguém.

— Mas, pelo que parece, não tem nada de errado com você. Então por quê?

— Talvez meu coração ainda esteja preso ao passado, de três anos atrás...

Nesse instante, o olhar de Sawol mudou. Ele chegou mais perto de Seohee.

— Aconteceu alguma coisa ruim há três anos?

— Meu primeiro amor deu errado. Ele morreu.

— Você ressentiu essa morte?

— Pra caramba.

— Hehe. Então essa pessoa não deve ter conseguido ir pro céu depois de morta.

— É isso mesmo, tem que ir pro inferno! Pro inferno... Não, de jeito nenhum... Ele não pode ir pro inferno... Era uma pessoa boa e gentil. Espero que esteja no céu, tenha esquecido de mim e de tudo e esteja vivendo feliz...

Seohee lutava contra o sono, o que fazia sua cabeça tombar para a frente várias vezes. Talvez pela influência do álcool ser mais forte, a sonolência começava a vencê-la, e sua fala ficou visivelmente mais arrastada.

— Queria poder ir junto. Já tenho vinte e dois anos e continuo fracassando no amor, toda vez...

— Por que você acha que é um fracasso?

— Porque... ninguém nunca vai gostar de mim tanto quanto ele gostava, e eu também nunca vou gostar de alguém como gostei dele...

Maehyeon, no corpo de Sawol, mexia na caixa de madeira cipreste com os *wagashi* de flor enquanto olhava para ela. Mesmo pescando de sono, Seohee parecia adorável aos olhos dele.

Por fim, ela entrou num estado de semiconsciência, lutando para se manter no limiar entre o sono e a vigília.

— Quero que você viva amando — disse Maehyeon, colocando a mão sobre a dela.

Seohee, já meio adormecida, não conseguiu responder.

— E espero que seja feliz. Tanto quanto você me fez feliz.

Seohee fechou os olhos e se apoiou no ombro de Maehyeon, adormecendo por completo. Com o rosto de Sawol, o ex-jogador de basquete fez uma confissão que nunca mais poderia repetir e, com um sorriso amargo, acariciou a bochecha dela. O gesto de ajeitá-la, para que ficasse sentada direito, foi gentil e atencioso. Em seguida, saiu do corpo do xamã.

Aproximei-me silenciosamente, tomando cuidado para não acordar Seohee. Sawol advertiu Maehyeon de que, se demorasse mais, as coisas ficariam complicadas, então deveria partir para renascer.

— Senhores, tomei uma decisão.

— Decidiu o quê?

— Preciso renascer logo para me tornar o namorado vinte e dois anos mais novo da Seohee.

— Está falando sério?

— Sim!

De todas as expressões vistas naquele dia, aquela foi a mais determinada. Embora aquele fosse o fim do laço que os unia, o rosto do rapaz mostrava plena satisfação por ter conversado com Seohee.

A meia-noite se aproximava. Como Sawol disse, era realmente hora de partir. Ele deu um tapinha nas costas de Maehyeon, encorajando-o a renascer sem arrependimentos, garantindo que mandaria Seohee para casa em segurança. Maehyeon dobrou os joelhos, olhou mais uma vez para o rosto adormecido de seu primeiro amor e sussurrou com a voz embargada:

— Mesmo que nosso laço nunca mais se refaça, você tem que ser sempre feliz.

Ele se despediu, pedindo que cuidássemos bem dela, e partiu. A visão de suas costas, com ele seguindo em frente sozinho, parecia um pouco solitária. Quando chamamos seu nome mais uma vez para dar tchau, o rapaz nos retribuiu com um sorriso carregado de sua última emoção.

Depois que Maehyeon deixou este mundo, segurei Seohee pelos ombros e a sacudi.

— Ei, você não pode dormir aqui.

Ela mal conseguiu abrir os olhos e, aturdida, perguntou por que estávamos ali. Sawol e eu fingimos estar perplexos e perguntamos se ela tinha bebido tanto a ponto de esquecer onde morava. Só quando percebeu que havia adormecido fora de casa, pareceu despertar por completo. Rapidamente endireitou a postura e pegou o celular.

— Já é mais de meia-noite!

Seohee resmungou que levaria uma bronca por chegar tarde e pegou a bolsa às pressas. Por sorte, havia vários táxis parados no meio-fio.

— Você precisa levar isso — falei, apontando para a caixa de cipreste ao lado dela.

— Mas não é meu.

— Um homem deixou isso para você e foi embora. Não deve se lembrar porque estava muito bêbada.

Dissemos essas palavras e saímos dali. De longe, observamos furtivamente Seohee abrir a caixa de madeira cipreste com cuidado.

— Uma flor de ameixeira?

O vento da madrugada soprou. Os olhos da garota se arregalaram por uma fração de segundos e depois voltaram ao normal. Pelo visto, o sentimento que ela acreditava ter perdido ainda permanecia neste mundo.

Sawol e eu demos as costas para o parque, desejando que aquela última despedida solitária do passado se transformasse em uma bênção para o futuro. Será que o laço deles faria com que se reencontrassem? Olhei para o céu noturno, sentindo uma saudade precoce de um futuro distante e incerto.

Então, como a Seohee de dezenove anos, perguntei de repente, sem pensar:

— E você? Está saindo com alguém, Sawol?

Sawol apenas me encarou em silêncio, e suas orelhas ficaram levemente avermelhadas.

O pagamento pelos *wagashi* deixado por Maehyeon na Hwawoldang foi nada menos que uma bola de basquete. A julgar pela situação, os mortos pagavam com objetos que foram preciosos para eles em vida. Mas a loja não era um oásis de fantasia. Era definitivamente real, com certificado de registro, e eu, que herdei o negócio da minha avó, era uma pessoa viva. As coisas que deixavam não pagavam nem a conta de luz.

— Leve esses objetos para o templo budista mais próximo, o Hongseoksa, da rocha vermelha. Se mencionar o nome da sua avó, eles vão saber quem é.

— Eles compram esse tipo de coisa?

— O mais importante é sempre descobrir por conta própria! Só assim isso se tornará parte de você.

Sawol me informou a localização do templo e, sem outra alternativa, tive que acatar sua sugestão.

E assim, ao meio-dia de sábado, reencontrei Iryeong depois de muito tempo. Quando disse que nunca tinha ido a um templo sozinha e que não tinha coragem para fazer isso, ela prontamente se dispôs a me acompanhar. Vestindo roupas leves, seguimos para Hongseoksa, com a sensação de estar fazendo uma longa caminhada montanha acima, algo que não fazíamos havia tempos. Devia ter chuviscado de madrugada, pois o solo e as árvores estavam úmidos, deixando a trilha mais fresca. Um agradável cheiro de natureza nos seguia pelo caminho.

— Como vão os negócios na Hwawoldang? Dá pra levar numa boa?

— Nem me fale. Quando estava procurando emprego, eu era feliz e não sabia.

— Sua avó tá te treinando direitinho, hein! Mas o que é essa sacola de compras com uma bola de basquete e um vestido?

— Tenho que entregar isso.

— No templo?

Se eu contasse a verdade, será que Iryeong acreditaria? Que esses objetos eram, na verdade, o pagamento dos mortos pelos doces? Não havia garantias disso, e, mesmo que acreditasse, seria um problema. Sendo afetuosa como é, Iryeong com certeza ficaria preocupada comigo e sugeriria de imediato uma solução prática, como um exorcismo ou um ritual xamânico. Decidi que seria melhor não dar detalhes sobre a situação.

Sentia-me mal por estar mentindo, mas não queria preocupá-la.

— Só achei que poderiam precisar disso lá.

Desconversei com uma risada brincalhona, mas Iryeong me olhou desconfiada. Felizmente, descobrimos no caminho um restaurante que servia *bibimbap* com vegetais silvestres que a deixou encantada, então ela não perguntou mais nada.

Caminhamos por uma ladeira suave por cerca de vinte minutos. Ainda bem que o Hongseoksa não ficava no topo da montanha.

— A gente tá precisando fazer exercício, Iryeong.

— É, né? Dizem que negligenciar atividade física na juventude aumenta o risco de ataque cardíaco.

— Que horror!

— Horroroso foi o resultado do teste de bioimpedância que fiz ontem na academia. Quer ver?

Mesmo em meio a uma conversa autodepreciativa, o ar que inspirávamos era refrescante. Gotas de suor brotavam na minha testa, mas eu me sentia renovada e revigorada. Abri bem os braços e enchi os pulmões com o cheiro das árvores. De repente, senti um calor percorrendo minhas costas, como se uma mão gigante me afagasse.

Sem que percebêssemos, o templo surgiu diante de nossos olhos.

— Não tem um visitante sequer.

— Acho que não é um lugar muito popular.

A luz clara do sol e a quietude repousavam sobre o local. O perfume etéreo de incenso chegou até nosso nariz, trazido pelo vento. Fui em direção ao escritório administrativo, localizado no canto esquerdo, porém, como era fim de semana, não havia nenhum funcionário presente.

— Tem um monge ali — comentou Iryeong, apontando para o salão principal.

Pela única porta aberta do salão, avistamos um monge sentado sobre uma almofada, sua postura impecável. Mesmo ouvindo nossos passos se aproximando, ele permaneceu de olhos fechados, mantendo a postura meditativa. Seu rosto, de pálpebras cerradas, emanava serenidade.

— Monge, meu nome é Hong Yeonhwa, e eu vim de uma loja chamada Hwawoldang...

Assim que ouviu a minha voz, ele abriu os olhos suavemente.

— A neta da Yunok?

— Isso mesmo. O senhor conhece a minha avó?

Ele virou o tronco devagar e olhou para nós, que estávamos do lado de fora do salão.

— Imagino que tenha trazido os objetos.

Seu olhar profundo e sua voz baixa ressoavam com tranquilidade, como um lago em um dia de verão. Por um instante, a figura do monge em seu manto imaculado pareceu conter todas as cores do mundo, ficando nitidamente gravada em meus olhos.

Limitei-me a estender a sacola de compras, sem saber como explicar. Talvez estivesse me sentindo oprimida pela calmaria que emanava dele, ou talvez fossem os objetos me pedindo silêncio.

— Eu sei. Não se preocupe.

Ele se levantou imediatamente, dizendo que me daria o que eu precisava. Então o que Sawol disse é mesmo verdade? Seguimos o monge até a parte de trás do salão principal, onde havia uma pequena caixa de vidro para velas, uma estátua do Buda sentado e um grande incensário. Ali era o ponto de origem do suave perfume que envolvia todo o templo Hongseoksa.

— Acendam um.

O monge pegou dois incensos e nos entregou, um para cada, então os acendemos e colocamos no incensário. A fumaça acinzentada subiu e logo se dissipou com o vento, tornando-se branca.

— Vocês já pensaram sobre a morte alguma vez?

— Estávamos falando de ataques cardíacos na subida e...

Tapei a boca de Iryeong antes que ela soltasse alguma bobagem. A pergunta do monge era séria demais para piadas. No entanto, ele não a repreendeu por sua resposta leviana.

— Que coisa boa é a juventude que permite brincar até mesmo ao falar da morte. Isso mostra que ainda há pureza em seus corações.

— Somos duas adultas.

— A pureza do coração não desaparece com a idade — respondeu ele, tirando lentamente os itens da sacola e os colocando sobre a caixa de vidro.

Um vestido estampado de hortênsias, com marcas de uso, e uma bola de basquete gasta — itens que pareciam deslocados naquele ambiente.

— Quando uma pessoa morre, sua alma permanece por, no mínimo, quarenta e nove dias e, no máximo, por até três anos. Quanto mais breve a estadia, melhor. Assim, a alma pode renascer mais rápido.

Mesmo sem entender o contexto, Iryeong parecia fascinada por aquela história misteriosa.

— Isso tem a ver com a cerimônia fúnebre de quarenta e nove dias e do luto de três anos?

— Exatamente. O luto de três anos é realizado após a morte dos pais, no qual, durante esse período, expressa-se gratidão e piedade filial por eles. Esse também é o período máximo que uma alma pode vagar por este mundo.

— E se a alma permanecer aqui depois desses três anos?

— Ela é apagada dos registros da próxima vida.

— Isso significa o fim da alma?

— Não, não é isso. Apenas não consegue renascer e passa a vagar como o vento. É a compaixão do Buda para com os seres vivos.

Pensei em Maehyeon. Ele chegou à Hwawoldang exatamente no dia em que se completavam três anos de sua morte. Se tivesse vindo um dia mais tarde, não poderia renascer.

— Então, é preciso que alguém ajude os mortos a seguirem o caminho do renascimento?

Ele me observou com os olhos semicerrados e assentiu lentamente. Parecia que sabia tudo o que eu tinha feito e com quem tinha me encontrado.

— Mas, monge, e se, e isso é só uma hipótese, alguém morresse sem conseguir ir ao casamento da filha? Se essa pessoa seguisse para o renascimento logo após os quarenta e nove dias, não seria estranho? No meu caso, acho que ficaria com tanto apego que não vagaria pelo mundo dos mortos só por quarenta e nove dias, mas por três, quatro anos... ou até mais.

— Isso acontece porque a pessoa viveu de forma íntegra. Quando alguém bom morre, o céu se compadece e alivia seus apegos e arrependimentos. Afinal, não é melhor seguir para a próxima vida com o coração leve?

A voz do monge se espalhou pelo ar, quente e reconfortante como um abraço. Só de ouvi-la eu sentia como se um nó escondido em meu coração estivesse se desfazendo.

Então, a primeira cliente deve ter recebido sua próxima vida sem arrependimentos. Ao pensar assim, não me senti triste.

Sem mais nada a dizer, o monge examinou os objetos e retirou um pequeno envelope do manto, estendendo-o para mim. Dentro, havia uma quantia que excedia em muito o valor daqueles itens.

— O que é todo esse dinheiro?

— Não foi para trocar por dinheiro que você veio? É um processo que seguimos há muito tempo.

— Vovó não me explicou nada disso... Na verdade, ela faleceu.

Com uma expressão que indicava já saber disso, o monge juntou as mãos em silêncio e fez uma reverência. Não era uma saudação para mim, mas para minha falecida avó. Percebendo que a conversa estava tomando um rumo mais sério a respeito da vovó, Iryeong deu alguns passos para trás e começou a olhar ao redor do salão, demonstrando que não pretendia entreouvir.

— A Hwawoldang foi confiada aos seus antepassados por um grande monge que, há muito tempo, viveu aqui. Quando ele ficou gravemente doente e não pôde mais acompanhar os mortos na despedida deste mundo, não apareceu nenhum monge capaz de sucedê-lo. Assim, sua família, que há gerações possui um poder divino, assumiu a responsabilidade em nosso lugar. Em troca, pagamos por esse serviço. — O monge pegou apenas a bola de basquete e devolveu o vestido de hortênsias.
— Este item ainda tem utilidade, então leve-o com você.

— Mas a dona não vai mais voltar...

Mesmo depois de ouvir minhas palavras, ele não recolheu o vestido que me estendia. Disse que ainda tinha utilidade, mas... não era algo que eu pretendia usar. Resolvi fazer conforme a vontade dele e aceitei o vestido de volta. Será que algo ainda não havia acabado?

Fizemos uma reverência silenciosa com as mãos unidas diante da estátua do Buda. Recebi novas informações e também um dinheirão. Só restava ir embora discretamente.

Foi então que o monge perguntou:

— Você conheceu o Sawol, certo? — Seu rosto refletia inúmeras emoções que eu jamais poderia compreender. — Ele é um bom garoto, então, por favor, cuide bem dele.

Descendo do templo, entramos no restaurante de *bibimbap* com vegetais silvestres que Iryeong já estava de olho desde cedo. Era um lugar que nem estava registrado no GPS. Como era comum nos restaurantes próximos a templos budistas, o cardápio era repleto de pratos que capturavam a essência da montanha.

— Que tal uma gelatina *dotorimuk* e uma panqueca *pajeon*? — perguntou Iryeong passando os olhos pelo menu.

— Esses são perfeitos pra acompanhar uma bebida. Me deu até vontade de tomar *makgeolli*.

— Quer pedir uma garrafa?

— Não dá. Tenho que abrir a confeitaria à noite.

— Voltando do templo? — perguntou a dona do restaurante em um tom amigável ao se aproximar. Sem sequer anotar os pedidos, ela demonstrava uma confiança tranquila.

— Isso mesmo.

— O Buda deve ter ficado feliz com a visita de pessoas jovens.

Ela brincou, dizendo que o número de visitantes vinha diminuindo e que o Buda provavelmente estaria preocupado. O jeito como nos entregou a toalha úmida antes de voltar para a cozinha tinha a acolhida calorosa de uma velha vizinha. Ao abrir a janela ao nosso lado, uma atmosfera tranquila pareceu se derramar sobre a mesa.

— O que foi toda aquela história sobre os quarenta e nove dias que o monge mencionou? — perguntou Iryeong, com um misto de curiosidade e inquisição. As sobrancelhas dela se moviam inquietas, como se estivesse entusiasmada por ouvir uma história interessante.

— Ah, só estava contando uma daquelas histórias típicas de um templo budista — improvisei uma desculpa enquanto mexia na toalha, sem nenhum propósito.

— Parecia ter algo a mais... Você não anda vendo gente morta, né?

Eu ia beber água, mas larguei o copo na mesa e virei o rosto para a janela.

— Que coisa mais nada a ver.

— Você tá conversando com os mortos, e aqueles objetos... Na verdade, eram os pertences deles, né?

— Para de inventar essas histórias de terror!

— E aquele Sawol, de quem o monge falou? Vai ver ele é um xamã! Hehehe, seria hilário!

Naquele momento, Iryeong, "vivinha da silva" e bem na minha frente, me aterrorizava mais do que qualquer morto. Engoli um copo d'água às pressas e respondi:

— O Sawol é só um conhecido que ajuda na loja.

— Então como o monge o conhece?

— Sei lá. Chega de perguntas. Isso não tem a menor importância.

— Mas sua cara é de quem tá escondendo algo importante.

— Iryeong, guarda essa sua mente investigativa pra quando for maratonar Netflix.

Ela riu com vontade, dizendo que era só uma brincadeira sem fundamento. Mesmo rindo junto, um arrepio incômodo subiu pela minha espinha. A intuição dela era simplesmente infalível.

Revelar para Iryeong que a Hwawoldang era uma loja onde os mortos eram acolhidos não mudaria muita coisa... Mas também não era algo fácil de contar. Além disso, Sawol deu o aviso: sair espalhando isso por aí poderia trazer má sorte. Era melhor não dizer nada a terceiros. Também acho que os mortos não iam gostar de suas vidas virando assunto de fofoca.

— Enfim, Yeonhwa, espero que você esteja se dando bem com ele.

— "Com ele" quem?

— O tal de Sawol.

— Por quê?

— Porque o monge disse que ele é uma boa pessoa.

Iryeong mastigou devagar o feijão cozido em molho de soja, parte dos acompanhamentos. Imitando-a, também coloquei um grão entre os molares e o rolei na boca, mas meus pensamentos estavam tão tumultuados que não consegui sentir o gosto.

Como o monge conhecia Sawol? Qual era a relação entre os dois? De acordo com ele, desde ancestrais muito anteriores à vovó, minha família tem guiado os mortos em sua partida na Hwawoldang, a pedido do grande monge de Hongseoksa. Essa despedida deles era comprovada pelos pertences que deixavam, e o templo nos pagava em troca. Agora tudo fazia sentido... Sempre achei curioso como a confeitaria nunca havia falido, mesmo em meio à crise econômica. Esse era o segredo.

Se fosse assim, vovó também devia conhecer Hongseoksa e se comunicava com o monge, certo? Será que o templo foi o responsável por criar o laço entre Sawol e minha avó?

Enquanto pensava nas pessoas relacionadas a mim, desta vez coloquei um pouco de broto de soja temperado na boca. Embora fosse apenas um acompanhamento, seu sabor revelava o cuidado dedicado ao preparo. A simplicidade natural dos brotos de soja harmonizava com o tempero salgado na medida certa. Era perfeito para abrir o apetite antes da refeição.

— Aqui está, coloquei uma porção generosa especialmente para vocês — falou a senhora em voz alta, pondo uma mesa farta à nossa frente.

No centro, foi colocado um *dotorimuk* lustroso e reluzente. Mamãe e papai adoravam esse prato. Pensei nos dois ao ver a gelatina de bolota misturada com pepino e temperada com um toque ácido. A essa altura, será que já tinham renascido como humanos? Será que haviam se esquecido de mim? Mordi discretamente meu lábio inferior para que Iryeong não percebesse.

Saudade era como um almoço de domingo: repetido tantas vezes, mas sempre com um significado especial. Foi então que Iryeong apontou para a garrafa contendo um líquido branco.

— Senhora, acho que não pedimos *makgeolli*.

— É por conta da casa.

— Nossa! Muito obrigada!

— Voltem mais vezes!

Iryeong, empolgada, encheu a tigelinha de alpaca com o vinho de arroz que ganhamos. Apesar de ter prometido a mim mesma que não ia beber, acabei aceitando a dose oferecida por ela.

Só não quero chorar, pensei.

— Um brinde em plena luz do dia!

— Tim-tim!

Ao brindar, pensei em várias pessoas e tomei um gole. O aroma doce e denso do destilado molhou suavemente minha garganta. Uma ebriedade agradável começou a subir. O *pajeon*, com as bordas crocantes como um biscoito, espalhava a riqueza do óleo de gergelim e o perfume da cebolinha a cada mordida. Era uma verdadeira obra-prima gastronômica. Por fim, coloquei dois pedaços de *dotorimuk* na boca. A superfície era úmida, lisa e elástica. Seu leve amargor combinava bem com o tempero de pimenta em pó, vinagre e açúcar. Sempre que eu comia esse prato, o sabor me transportava para um início de verão, muitos anos antes. Para o dia em que comemos juntos na sala — mamãe, papai e vovó — enquanto conversávamos tranquilamente.

— Yeonhwa, você já tá toda vermelha!

— É porque tô bêbada.

— Olha só, igual ao Hwang Jung-min!*

— Pois é.

Brindamos repetidas vezes. Se a tristeza era tão parte da vida quanto a alegria, não havia como evitá-la. A vida adulta era engolir até mesmo lágrimas prestes a cair — e também um tempo que eu precisaria suportar daqui para a frente.

Ainda assim, eu era grata por não estar sozinha.

Sob o sol da tarde, tingimos nosso rosto de um vermelho que não existe no céu. Saímos do restaurante exalando um cheiro forte de *makgeolli* e, mesmo do lado de fora, ainda embriagadas, balançávamos o corpo de um lado para o outro, de ombros colados. E por mais que estivesse diante de duas jovens alcoolizadas, a dona do restaurante não franziu a testa.

— É ótimo não ter que ir pro trabalho e poder beber. Fim de semana é tudo! — gritou Iryeong com entusiasmo, talvez adorando a sensação de escapismo depois de tanto tempo, proporcionada por uma bebedeira antes mesmo do sol se pôr.

Sua voz, animada ao sugerir karaokê na segunda rodada e sorvete na terceira, lembrava a de um chefe enérgico chamando a equipe para uma trilha corporativa.

* Ator sul-coreano famoso por diversos papéis no cinema e na TV. Também é lembrado por sua tendência de ficar com o rosto avermelhado com facilidade, uma característica bastante associada ao consumo de álcool, embora o próprio ator já tenha explicado que isso ocorre independentemente da bebida. (N. T.)

— Não dá. Tenho que ir pra Hwawoldang.

— Por quêêê? Fecha a loja hoje!

— Não posso.

— Poxa, que pena...

— A gente sai de novo depois.

Iryeong ficou claramente desapontada com minha recusa, mas não insistiu mais.

— Então promete que a gente vai se encontrar mesmo — intimou ela, cruzando os braços. — Sem essa de "vamos marcar".

Logo depois, sacou o celular com um sorriso maroto. Isso porque, no passado, combinamos de sair, mas eu furei por pura preguiça — e desta vez ela não deixaria passar.

— Combinado. O que a gente vai fazer da próxima vez?

— Você gostava de exposições, né? Vou comprar ingressos agora mesmo.

Embora ainda não tivesse me acostumado com o gerenciamento da Hwawoldang e fosse difícil arranjar tempo, sentia-me culpada por acabar deixando minha amiga de lado no meio disso tudo.

Levantei o mindinho em sua direção.

— Tá bem. Vamos na semana que vem.

Radiante, Iryeong entrelaçou o mindinho no meu antes de, sem hesitar, finalizar a compra de dois ingressos para a exibição especial do Museu de Arte Moderna, que costumávamos frequentar. Queria retribuir devidamente àquela que nunca me deixou sozinha.

— Vamos ver a exposição e também comer marmita nos bancos ao ar livre.

— Adoro!

O sorriso dela me fez lembrar do último sorriso que os mortos abriram para mim. Os humanos são seres capazes de se alegrar até com promessas tão pequenas. Por isso, não queria fazer nada de qualquer jeito — nem ao me despedir de alguém pela última vez nem ao cumprir uma promessa feita a uma amiga.

Queria fazer direito. Se minhas palavras e ações pudessem trazer alegria a alguém, eu as ofereceria de bom grado. Talvez, se eu conseguisse fazer isso, mamãe, papai e vovó — vivendo em um outro mundo — se lembrassem de mim e dissessem: “Nossa Yeonhwa, que orgulho dela!”.

4

Dango de chá verde

Durante alguns dias, nem Sawol nem os mortos apareceram. Com a desculpa de que estava quente demais para ficar com a loja fechada, deixei a porta de vidro escancarada, fitando o céu escurecido dezenas de vezes. Talvez fosse natural que ninguém viesse — ainda assim, me pegava pensando, sem motivo, em completos estranhos.

Sawol criava segredos sem nunca usar a palavra "segredo". Nem mesmo respondia a uma pergunta simples, como se estava saindo com alguém... Na verdade, foi só uma pergunta casual, sem nenhuma intenção da minha parte. Depois de ouvir a história de Seohee e Maehyeon, fiquei curiosa para saber se Sawol também tinha alguém assim. No entanto, como ele se esquivou da pergunta, fui forçada a imaginar a resposta por conta própria.

Além disso, havia muitas outras perguntas para as quais Sawol adiou a resposta. Ele não me explicou tudo sobre a Hwawoldang e a vovó. Essa atitude de criar lacunas de propósito era muito semelhante à dela.

E me magoava.

Foi então que vislumbrei um pé atravessando a porta de vidro. Será que era Sawol? Levantei a cabeça de repente.

— Vocês vendem *dango* aqui?

Não era quem eu estava esperando. Esforcei-me para esconder a decepção.

— Não tenho nenhum pronto, vou precisar fazer agora.

— Eu espero.

A cliente, que entrou despreocupadamente enquanto conferia o relógio de pulso, parecia uma mulher com vinte e tantos anos. Era uma morta, sem sombra presa à ponta dos pés.

— A decoração da loja é vintage e muito bonita.

— Obrigada. Foi minha avó, a antiga proprietária, quem cuidou disso.

— Ela tinha bom gosto.

— Aposto que ela ficaria muito feliz em ouvir isso.

A mulher reagiu de forma animada, como se quisesse evitar que eu ficasse sozinha, mergulhada em sentimentos solenes. Ela parecia saber, mesmo sem que eu falasse nada, que a antiga dona da confeitaria não podia mais voltar.

Lábios expressivos, olhos alongados, cabelos castanhos compridos, soltos e sem franja. Um colar prateado com pingente de coração pendurado no pescoço, roupas que pareciam simples, mas com um caimento cuidadosamente pensado. Ela exalava sofisticação. Era um estilo vibrante, típico de alguém que você veria nos arredores de uma universidade. Sentir tamanha vitalidade vindo de um morto... era algo estranho.

Abri o livro de receitas e examinei o menu. Lembrava-me de ter comido bolinho *dango* de lanche em casa, tempos atrás. E como esperado, havia uma receita para ele, que não era um prato muito trabalhoso. Depois de mexer com confeitaria algumas vezes, já tinha pegado o jeito.

— Em vez do sabor de molho de soja, você consegue fazer de chá verde?

— Tenho pó de *matcha* aqui.

— Ótimo! Vou querer desse, por favor.

— De quantos você gostaria?

— Hmm... Quantos seria bom?

Com uma expressão alegre, a mulher começou a contar nos dedos, dobrando-os levemente. Seus cinco dedos longos, como os cantos dos olhos, exibiam um esmalte bege aplicado nas pontas. A cor, impecavelmente uniforme, cobria as unhas até as bordas, sem nenhuma cutícula visível. As unhas bem lixadas tinham uma curvatura perfeita, e o dorso da mão parecia bem hidratado. A impressão que deixavam era de pura elegância.

— Está só observando, não é? — soltou a mulher, estendendo a mão.

— Ah, me desculpe! Acabei me distraindo um pouco. Ainda não tenho muita experiência em atender clientes...

— Não tem problema. Somos jovens, acontece.

O que aconteceu com você? Que tipo de vida teve? Segurei sua mão com cuidado e senti um frio na barriga por entrar em mais um mundo desconhecido.

— Meu nome era Kim Jeongmin, e eu tinha vinte e sete anos.

— Certo, Jeongmin. Vou pegar emprestadas suas memórias por um momento.

— À vontade.

Jeongmin era surpreendentemente rápida e direta. Mostrava suas memórias com naturalidade, sem hesitação. Nada de conversa fiada, apenas o compartilhamento imediato da própria vida. Mais uma vez, fechei os olhos em silêncio.

— Ai, quanta coisa pra fazer!

Desde a manhã de domingo, Jeongmin e Sumin espalhavam materiais de arte pelo chão do apartamento de dois cômodos, de aproximadamente quarenta metros quadrados, atarefadas arrumando suas mochilas.

— Sumin, o pincel número sete não tá lavado!

— Esqueci! Vou levar um número seis a mais, então.

As duas eram colegas de turma na faculdade de artes, além de companheiras de quarto, e estavam prestes a conduzir um programa de arte para crianças em um parque próximo. Graças à boa redação de Jeongmin no formulário de inscrição, elas conseguiram participar desse evento, pelo qual a prefeitura pagaria duzentos mil wons para cada uma.

Jeongmin não conseguia deixar de se sentir frustrada com os erros constantes da amiga. Bebeu um copo de água fria, respirou fundo duas vezes e tentou manter a calma.

— Sumin, vamos devagar e conferir tudo direitinho.

— Hã? Ah, tá bom, claro! O que mais eu tinha que colocar mesmo?

— Eu disse pra conferir com calma!

— Hmm, o que era mesmo? Ah, sim! O baldinho!

Quando Sumin tentou pegar o balde para lavar os pincéis, sem querer pisou em um pincel número seis, que quebrou na mesma hora. Jeongmin mordeu os lábios com força e, mentalmente, desenhou o ideograma de "paciência" no coração.

Kim Sumin e Kim Jeongmin — seus nomes com uma única sílaba de diferença — eram melhores amigas desde os dezenove anos. Talvez a vida das duas pudesse, de fato, ser distinguida apenas por aquela sílaba, porque elas tinham muito em comum.

Ambas ingressaram no curso de artes visuais, que não dava emprego, sem apoio dos pais. Eram um tanto extrovertidas, mas, lá no fundo, introvertidas. O prato favorito das duas era frango frito e, ainda por cima, tinham exatamente a mesma altura: 1,63 metro.

A única diferença estava em suas obras. Sumin era boa em pinturas manuais, enquanto Jeongmin se destacava em trabalhos digitais. Embora tenham se graduado no mesmo curso, cada uma seguiu o próprio método, aproveitando seus pontos fortes. Por isso, mesmo morando na mesma casa e pintando lado a lado, não se viam como concorrentes, mas como parceiras capazes de complementar aquilo que a outra não conseguia fazer.

— Pegou tudo, Sumin? Verifique mais uma vez, com calma.

— Pincéis, cadernos de desenho das crianças, tintas, lenços... Acho que peguei tudo!

— Tem certeza?

— Talvez?

— Não diga "talvez", confira mais uma vez.

Jeongmin era meticulosa e organizada, mas se preocupava demais com tudo. Já Sumin era atrapalhada e despreocupada, porém, em compensação, sempre estava alegre. Por isso, desde a formatura até aquele momento, aos vinte e sete anos, elas moravam juntas, compensando as fraquezas uma da outra.

Em eventos presenciais como o daquele dia, o talento de Sumin para pinturas à mão era essencial, então, Jeongmin sempre a guiava com cuidado para evitar erros.

— Peguei tudo. Desta vez, tenho certeza!

Sumin abriu um sorriso e fez um joinha. Aquilo não fazia Jeongmin se sentir tranquila, mas como não podiam perder mais tempo, começou a se preparar para sair.

As duas enfiaram apressadamente os pés nos tênis brancos, comprados no mercado em uma promoção de "leve dois, pague um", amassando os calcanhares. Se esse evento terminasse bem, havia uma grande chance de a prefeitura confiar a elas a organização de um próximo. Enquanto desciam de elevador, Jeongmin fazia contas na calculadora do celular.

— Juntando a conta de gás e luz deste mês, e descontando os gastos com comida...

— Jeongmin, vamos pedir frango frito hoje?

— Ainda tem o seguro, o conserto do boiler...

— Meio a meio: molho picante e clássico.

— Não vai dar — respondeu Jeongmin com uma expressão de pesar, depois de terminar os cálculos. — Este mês, nossas despesas vão ser, no mínimo, trezentos mil wons, e isso sem contar o aluguel.

Mesmo as duas trabalhando, sempre viviam no limite.

— Nãããão! Meu frango! — choramingou Sumin, angustiada, esticando o rosto como na pintura *O Grito*, de Munch. — E se a gente desse uma de louca e não pagasse o aluguel este mês?

— Acha que faz algum sentido deixar de pagar o aluguel só para comer frango frito?

— Que tal a gente não pagar a conta de luz só uma vez?

— Você não tem jeito mesmo.

— O ditado diz: "Aqueles que trabalharam duro precisam comer!", então por que eu não posso?

Sumin tentou persuadir a amiga, que cuidava das finanças, de forma sutil. Mas Jeongmin, inflexível como um bambu, não vacilou e imediatamente mostrou o aplicativo de controle de gastos. Os valores, superorganizados, indicavam que o mês terminaria no vermelho — de novo. Até o momento em que saiu do elevador, Sumin continuava com a cara amarrada.

— Em compensação, nosso fim de ano vai ser maravilhoso. Tudo graças a esse esforço — comentou Jeongmin.

— Não estou nem um pouco animada.

— Quando a exposição começar, você vai ficar tão feliz que vai até sair voando.

— Isso é verdade.

Havia um motivo para aquelas mulheres viverem apertando o cinto.

As duas, que não puderam realizar uma exposição individual depois da formatura por dificuldades financeiras, prometeram não deixar a oportunidade escapar naquele ano. Decidiram alugar uma galeria para uma exposição conjunta em dezembro e, como estavam determinadas a seguir com o plano, calcularam todos os custos para fazê-lo em grande estilo. Todas as despesas foram levadas em conta, incluindo a locação do espaço, o transporte das obras e os materiais. Era um valor moderadamente desesperador — difícil de juntar, mas não impossível. As amigas, como se fossem um só coração e um só corpo, decidiram poupar ainda mais e juntar o dinheiro necessário.

— Sumin, não fique tão chateada. Sempre que tiver um tempinho, a gente precisa se esforçar porque...

— Lá vem você com isso de novo. Já até sei o que vem em seguida.

— Ah, é? Então fala, o que você acha que eu ia dizer?

— Ora essa...

— Tempo é dinheiro! Não vamos desperdiçar, bora trabalhar! — gritaram as duas ao mesmo tempo, como que por telepatia.

Como tinham uma à outra e estavam sempre em perfeita sintonia, conseguiam resistir até nas situações mais difíceis.

Naquele dia, o tempo parecia querer revigorá-las, com os raios de sol aquecendo os arredores e a grama, do outro lado do muro, exalando frescor. Caminhando lado a lado, a calçada estreita logo se tornava apertada, mas seus corações permaneciam amplos e límpidos como um campo aberto. Em meio aos ruídos da cidade, as duas seguiam adiante, carregando bolsas abarrotadas de materiais de arte.

Mesmo morando juntas e conversando todos os dias, sempre tinham assunto: o almoço de ontem, o filhote de cachorro que viram na rua, as novidades de um veterano da faculdade. Por mais que falassem e falassem, a conversa nunca se esgotava. Assim, nunca se entediavam uma com a outra. E, ainda que não tivessem muitos outros amigos, a solidão não encontrava espaço entre elas.

— Será que hoje vai ter muita criança?

— Disseram que viriam cerca de trinta.

— Estamos ferradas, então.

Debaixo da grande tenda montada no parque, várias criancinhas estavam reunidas em trios ou pequenos grupos. No meio dos pequenos, que mais pareciam pintinhos, surgiram Jeongmin e Sumin. Jeongmin atraiu habilmente a atenção das crianças e apresentou o evento, enquanto Sumin, sem demora, terminava de organizar os materiais sobre a mesa.

Graças às instruções bem coordenadas das duas professoras de arte, as crianças logo se concentraram em seus desenhos. Uma criança pintou uma árvore de outono bordô inexistente, outra esboçou uma figura cômica demais para ser chamada de "mamãe", enquanto outra desenhou um gato que viu passando por ali.

— Professora, ele derramou água aqui!

— Vou limpar pra você.

De um lado, Sumin ensinava as crianças enquanto varria, limpava e organizava para que não atrapalhassem os desenhos umas das outras.

— Professora! Como eu desenho o sol?

— Para desenhar o sol, você faz um círculo amarelo e...

— Por que um círculo? Nem dá pra ver direito por causa do brilho.

Do outro lado, Jeongmin também limpava enquanto ensinava. "Professora, o que é isso? O que foi que ela desenhou?" Perguntas de todos os tipos choviam sem parar. As duas estavam à beira de um colapso, mas estufaram o peito e não perderam o foco.

Quarenta minutos depois, os desenhos das crianças foram sendo concluídos um a um, e os responsáveis também começaram a se reunir sob a tenda, preparando-se para ir embora. Sumin e Jeongmin se aproximaram das crianças que haviam terminado seus desenhos e, sem economizar nos elogios, as aplaudiram. Os pequenos, transbordando de alegria, eram adoráveis como cachorrinhos. A maioria logo deu as mãos aos pais e foi embora.

Mas havia uma menina que permaneceu no local.

— Por que você ainda não foi? Não terminou seu desenho? — perguntou Sumin.

— Terminei.

— Que lindo! É você e a sua avó?

— Sim, é a minha família.

Quando a amiga se aproximou, Sumin disse baixinho no ouvido dela que a avó da criança não tinha ido buscá-la. Só conseguiriam arrumar as mesas depois que a criança fosse embora, mas Jeongmin não teve coragem de expulsá-la.

— E esse rabisco entre você e sua avó? Não terminou? — Sumin continuou puxando conversa para que a menina não se sentisse sozinha.

— É o meu gatinho.

— Ah, desculpa! A professora vai te ensinar como desenhar um gato direitinho.

Sumin desenhou o rosto de um gato ao lado do autorretrato da criança. Imediatamente, ela começou a copiar o desenho da professora e, pouco depois, ficou exultante por ter conseguido desenhar um gatinho muito melhor do que antes, com suas próprias mãos.

— Quanto mais você desenha, melhor fica. A arte sempre recompensa o esforço. Então, se quer desenhar algo, não desista, mesmo que pareça difícil — encorajou Sumin, afagando a nuca da menina.

— Tá bem!

A criança sorriu radiante, mas Sumin, por dentro, sentiu um amargor. "A arte sempre recompensa o esforço." Na verdade, tanto ela quanto Jeongmin sabiam, mais do que ninguém, como a arte podia facilmente trair seus esforços. Aos vinte e sete anos, apesar de não lhes faltarem habilidades, ainda dependiam inteiramente de um único bico de fim de semana. Pensando na própria situação, a única coisa que vinha à mente era o quadro *A traição das imagens*, de René Magritte.

Não muito tempo depois, a avó da menina apareceu.

— Me perdoem, professoras. Estava fazendo compras no mercado. — Vendo que apenas a neta havia ficado para trás, a avó se desculpou várias vezes, dizendo que não queria atrapalhar a vida das jovens. — Desculpem pelo atraso. Por favor, peguem isto.

— Imagina, está tudo bem.

— Não custou quase nada. Levem para comer em casa.

O que a senhora estendia para elas era um frango assado do mercado. Sumin fingiu hesitar um pouco, mas logo aceitou de bom grado. A avó, grata por terem cuidado da criança até o fim, voltou para casa com a neta, que parecia feliz até o último instante.

As duas jovens começaram a arrumar tudo tardiamente, limpando as manchas de tinta com panos e recolhendo o lixo.

Enquanto trabalhavam, o aroma do frango assado era uma tentação, pairando ao redor de suas narinas. Sumin, já sentindo a fome apertar e a boca se encher d'água, reprimiu o desejo imediato de devorá-lo ali mesmo. Felizmente, as mãos foram rápidas, e a limpeza terminou em pouco tempo.

— Sumin, o que aquela menina desenhou?

— A família.

— É um tema bem comum. Para as crianças, pelo menos.

— Na verdade, é comum pra todo mundo.

As duas, com uma agradável sensação de dever cumprido, deixaram o parque apressadas.

Sumin não conseguia esconder a empolgação com o frango inteiro de graça.

— Hoje deve ser um dia de festa concedido pelo destino. Se a gente não comer uma sobremesa também, ele vai nos castigar.

— Mas tem que ser algo barato.

— Nesse caso, não temos escolha a não ser a Casa de *Tteok* da Sunyeong!

As bolsas cheias estavam pesadas, mas os passos das duas jovens estavam mais leves do que de costume. Quando o evento terminou, a tarde já tinha avançado bastante, e o suor escorria pelas costas da mochila como um riacho. Ainda assim, não se sentiam incomodadas. Por mais que repetissem as mesmas coisas que disseram ao sair de casa, não ficavam entediadas.

Aquela era a única loja que vendia sobremesas em frente ao apartamento alugado. À primeira vista, os doces de arroz podiam parecer rústicos comparados às sobremesas ocidentais populares entre os jovens, mas eram baratos e bastante variados. A loja se chamava "Casa de *Tteok* da Sunyeong" porque era administrada pela mãe da Sunyeong. Assim como a mentalidade da proprietária, os *tteoks* eram simples e bem-feitos, o que os tornava populares entre os moradores. Dentre todos, o favorito das duas era o *dango*.

— Sumin, olha! Saiu um novo tipo de *dango*.

— *Dango* de chá verde? Não é caro, só três mil wons por pacote. Vamos levar esse hoje.

Seguindo a sugestão de Sumin, Jeongmin pegou um pacote de sabor chá verde. O *dango* de molho de soja que sempre comiam custava dois mil wons por pacote. Eram apenas mil wons de diferença.

Foi então que o celular de Jeongmin vibrou com uma nova mensagem.

> Aviso sobre pagamento adicional da taxa de locação
>
> Olá, aqui é a Gold Gallery. Constatamos uma diferença na taxa de locação do espaço reservado anteriormente e, por isso, solicitamos o depósito do valor adicional. Como o fim do ano é uma época de alta demanda, há a cobrança de uma sobretaxa, mas o valor processado corresponde à taxa de baixa temporada. Para evitar o cancelamento de sua reserva...

Diante da mensagem de cobrança inesperada, Jeongmin verificou o contrato eletrônico no celular e, infelizmente, o conteúdo estava correto. As tarifas de baixa e alta temporada eram diferentes, e o período que haviam reservado coincidia com a alta temporada de fim de ano. Até mesmo a escrupulosa Jeongmin cometia erros de vez em quando, e dessa vez havia se equivocado ao pagar o valor de baixa temporada. A diferença era de quatrocentos mil wons — exatamente o valor que as duas ganharam juntas naquele dia.

— O que foi? De quem é essa mensagem?

— A galeria disse que o valor pago pela locação está incompleto.

— Quanto falta?

— Quatrocentos mil wons.

— O quê?! Todo o dinheiro que conseguimos hoje vai embora de uma vez só...

— Não tem jeito. Vou transferir agora.

— E se a gente desistisse da Gold Gallery? Podemos alugar um espaço pequeno nos arredores de Seul.

A Gold Gallery ficava em uma área com grande fluxo de pessoas, atraindo principalmente um público jovem e gerando muitos efeitos positivos posteriores. Havia também rumores de que importantes agências visitavam o local em busca de novos talentos. No final de seus vinte anos, ainda no anonimato, Jeongmin e Sumin ansiavam havia muito por um ponto de virada em suas vidas. A decisão de reservar a Gold Gallery, tomada com muita coragem e movida pelo mesmo espírito, talvez tenha sido impulsionada pelo sentimento de que aquela poderia ser sua última chance.

Entretanto, às vezes surgia o sentimento de incerteza, questionando se não estavam forçando a barra, como uma banda de rock desconhecida fazendo um show no estádio Gocheok Sky Dome. Expor ali poderia lhes trazer certo prestígio, mas o comparecimento do público não era garantido. Será que não foram ambiciosas e impulsivas demais ao reservar um espaço alugado somente por artistas renomados? Elas carregavam a insegurança inevitável de quem ainda tentava fazer seu nome no mercado.

— É melhor se arrepender de ter feito do que se arrepender de não ter feito. Seja o que for — declarou Jeongmin, decidida a não sucumbir à falta de confiança. — O *dango* de chá verde fica para a próxima.

— Que pena.

O pequeno luxo de três mil wons precisou ser adiado para outra ocasião. A vontade era de abrir mão até do *dango* com molho de soja, mas cada dia merece sua própria dose de felicidade. Assim, decidiram se contentar com a pequena alegria de sempre. O ponto forte delas não era só economizar, mas também saber fazer concessões.

Em casa, após cada uma tomar seu banho, abriram a mesinha de dois lugares e serviram o frango assado que haviam ganhado da avó da menina no parque. Esfriou o suficiente para ser devorado de uma vez. Enquanto mastigava o rabanete agridoce de acompanhamento, Jeongmin ocupava-se em planejar o dia seguinte.

— Na segunda, vou dar aula no curso e depois fazer um frila em casa. Pode me ajudar com a coloração?

— Tudo bem. Faz tempo que não pego no tablet.

— Tem muita demanda no digital hoje em dia. Você também deveria se acostumar a usar o tablet.

— É que eu acho meio estranho usar.

— Se quiser ganhar dinheiro, vai ter que se familiarizar.

— O dinheiro demanda que a gente faça até coisas que não quer. Pior do que minha mãe!

Só de pensar no trabalho de segunda-feira que a aguardava, Sumin já sentia dor de cabeça. Dizem que ter mais dores de cabeça que os outros é sinal de estar vivendo bem, mas, no fim, perceber o próprio estresse nunca é algo agradável.

— Será que comi rápido demais? — disse Sumin, coçando a cabeça com força e parando no meio do movimento de pegar uma coxa de frango. Então começou a bater o punho no próprio peito. — Tô com um mal-estar...

— Indigestão de novo?

No fim, Sumin, que já estava com ânsia, desistiu da coxa e acabou se agarrando ao vaso sanitário. Jeongmin imediatamente afastou a mesa e, preocupada, pegou um antiácido. Como um cachorrinho esperando o dono voltar pra casa, ela ficou em frente à porta fechada, aguardando a amiga sair.

Fazia um tempo que Sumin vinha vomitando com frequência, e os sintomas pioravam principalmente quando surgiam tópicos sensíveis na conversa. Além disso, sempre que trabalhava em ilustrações digitais — algo de que não gostava nem se sentia confiante em fazer —, sofria de insônia até altas horas da madrugada. Jeongmin se sentiu extremamente culpada ao pensar que sua ganância por dinheiro poderia estar fazendo mal a Sumin.

Trabalho, dinheiro, futuro... Por ironia, as questões que a atormentavam eram claras demais e impossíveis de evitar. Por isso, tentava evitar assuntos delicados com a amiga, pelo menos durante as refeições. No entanto, exatamente como naquele dia, muitas vezes acabava mencionando sem nem perceber.

Isso é culpa minha...

Jeongmin se sentiu envergonhada por não conseguir dar espaço para mais nada em sua mente. O arrependimento de não ter guardado os pensamentos sobre dinheiro para si martelava na cabeça dezenas, centenas de vezes. Saber que estava sempre causando estresse a Sumin, sua única amiga e pessoa mais estimada, também era uma fonte de estresse para ela.

— Urgh...

Depois de vomitar, Sumin enxaguou rapidamente a boca e saiu do banheiro. Jeongmin apressou-se em lhe entregar o remédio e demonstrou preocupação:

— Sumin, por que não faz um check-up médico?

— Oi? Pra que desperdiçar dinheiro?

— Você não para de vomitar! E se for algo sério?

— É, acho que ando tendo azia com frequência.

— Tá vendo? Você precisa fazer um exame logo. Por mais

que estejamos sem dinheiro, deixar a saúde piorar só para economizar é idiotice.

Jeongmin pegou o celular e começou a pesquisar o custo do check-up nos hospitais próximos. O mais básico, com a inclusão de uma endoscopia digestiva, custaria pelo menos cem mil wons. Ao lado, olhando a tela, Sumin comentou:

— É muito caro.

— Cem mil wons não é um valor impossível de pagar.

— Não, na verdade, são duzentos mil wons.

— Por quê?

— Porque você também precisa fazer. É um dinheiro que nós duas juntamos, então não parece certo só eu usar.

— Mas minha digestão está ótima. — Jeongmin abriu a embalagem de *dango*, pegou um espeto de forma audaciosa e devorou as bolinhas, uma após a outra. O sabor começava adocicado e terminava com um toque salgado, tornando-o a sobremesa perfeita para qualquer momento. — Olha só. Ao contrário de você, eu como numa boa!

— Ei! Desde quando você come tudo sozinha? Deixa os outros dois aí!

— Não! Você não pode comer.

— Por quê?!

— Sem sobremesa até você fazer o check-up!

Como se tivessem esquecido a conversa séria, as duas começaram a brincar e a discutir por causa dos pequenos *dango*. Como irmãs bem entrosadas, elas resistiam com garra às adversidades que insistiam em se infiltrar no dia a dia. Ambas eram filhas únicas e não tinham muito contato com os pais, também em dificuldades financeiras. Por isso, realmente viam uma à outra como família — alguém com quem, inevitavelmente, se preocupavam mais do que consigo mesmas, mesmo sem laços de sangue.

Alguém com quem, sem dúvida, desejavam prosperar juntas.

— Vou marcar o exame para você ir logo. Quanto ao trabalho de ilustração, vou tentar encontrar um assistente.

— Tá bom, eu faço o exame.

Tomara que você não fique doente. Que não sofra também. Sempre pensavam uma na outra tanto quanto em si mesmas — ou até mais.

Quem não é pobre de coração nunca se torna solitário por causa da pobreza.

Sumin foi diagnosticada com pólipos gástricos. A princípio, pareciam ser inofensivos, porém, ao constatar que se tratava de um caso grave, o médico recomendou a internação imediata e o agendamento de uma cirurgia. Sumin ligou depressa para os pais a fim de perguntar sobre o seguro de saúde que tinham feito, mas eles informaram terem cancelado a apólice havia um ano devido a dificuldades financeiras. Por superestimar a própria juventude, Sumin nunca contratou um seguro adicional, o que a obrigou a arcar com todas as despesas médicas.

— E se eu adiasse o tratamento? Só sinto um desconforto de vez em quando, não acho que precise chegar ao ponto de fazer uma cirurgia...

Ela queria postergar o tratamento por causa do dinheiro, mas Jeongmin insistia para que iniciasse imediatamente. As duas pensavam mais na outra do que em si mesmas.

— Sumin, é melhor você descansar até a sua cirurgia.

— E o trabalho?

— Eu cuido disso.

— Tem certeza? Você já tá cheia de coisa pra fazer...

— Dou conta.

Depois disso, com Sumin afastada para descansar, Jeongmin assumiu sozinha as aulas particulares no curso, que elas costumavam revezar. Felizmente, os alunos cooperaram e o trabalho não foi tão exaustivo quanto imaginava. Voltando para casa, ainda trabalhava sozinha como freelancer de ilustração. Disse que havia contratado um assistente, mas, na verdade, isso era mentira. Para economizar cada centavo, Jeongmin continuava sua maratona até as quatro da manhã sem pregar os olhos.

Ufa, ainda bem. Se eu aguentar só mais um pouco o cansaço, consigo dar conta de tudo sozinha.

Feliz ou infelizmente, ela conseguia suportar. Dormir às quatro e acordar às nove virou sua rotina por vários dias seguidos. Enquanto isso, Sumin fazia uma pausa e cuidava de sua condição física até a cirurgia. O trabalho que começaram por amor à arte e à pintura às vezes machucava seus corpos, mas nunca conseguiu adoecer seus corações.

— Agora já me sinto melhor. Vou voltar para as aulas do curso.

— Nem pensar! Pelo menos até você passar pelo procedimento. — Jeongmin não tinha a menor intenção de deixar Sumin trabalhar antes de estar bem novamente. Deitou a amiga, que tentava se levantar da cama, e a cobriu com o edredom. — Voltar ao trabalho antes de se recuperar não é uma opção pra você.

— Se eu continuar descansando, como fica o dinheiro?

— O dinheiro do frila vai cair logo.

— Mas você também tem que pagar o assistente...

Pelo visto, o mingau de arroz que Sumin tinha comido mais cedo não caiu bem, pois ela sentiu ânsia de vômito.

Assustada, Jeongmin lhe estendeu um rolo de papel higiênico, mas a amiga correu direto para o banheiro e vomitou. Com o coração aflito, Jeongmin a observava por trás da soleira do banheiro, mal segurando o choro. Sumin cobriu os lábios vermelhos de sangue com a mão e sorriu fingindo estar bem. Insistiu, dizendo que só precisava fazer um gargarejo e que Jeongmin deveria voltar logo para o quarto, mas a amiga simplesmente não conseguia sair dali — sem saber o que fazer, apenas agarrava e puxava o pobre punho da blusa.

Separadas apenas pelo batente da porta, as duas mulheres engoliam repetidamente a culpa que sentiam uma pela outra. Amarga e pegajosa como um *dango* empapado, parecia impossível de engolir.

Felizmente, a cirurgia correu bem. O médico sugeriu um período de hospitalização de dois dias. Jeongmin tranquilizou Sumin, dizendo que dois dias de internação não sairiam tão caros e que ela não precisava se preocupar.

Pela primeira vez na vida vestindo uma camisola hospitalar, Sumin, ainda atordoada, não conseguia dormir e continuava dizendo coisas sem sentido na cama do hospital.

— Quando eu tiver alta, vou trabalhar três vezes mais.

— Nem tá chegando três vezes mais trabalho.

— Então, duas vezes e meia mais.

Nos intervalos entre um cuidado e outro, Jeongmin aproveitava para trabalhar nas ilustrações freelance no iPad. Não contou nada à amiga, mas havia aceitado mais um trabalho e o prazo estava logo ali. Fingir que não estava ocupada enquanto trabalhava freneticamente era mais difícil do que pensava.

— O que você quer comer quando sair do hospital?

— Hmm... Ah! *Dango*!

— Quando receber alta, vamos comer aquele *dango* de chá verde.

— Quero receber alta agora mesmo!

Enquanto continuava a trabalhar com agilidade, Jeongmin decidiu que, desta vez, com certeza compraria *dango* de chá verde para Sumin. Por enquanto, apenas conversas inúteis e nada urgentes eram capazes de lavar a culpa e o remorso que as duas sentiam uma pela outra. Orgulhosa da amiga que havia encarado uma cirurgia, Jeongmin soltava altas risadas de tempos em tempos e, ainda assim, sua mão direita não descansava.

— Você vai pro trabalho no curso à noite, né? Quando terminar, vá direto pra casa descansar. Posso ficar sozinha.

— Tem certeza de que vai ficar bem?

— Claro!

Sumin mandou Jeongmin se alimentar bem em seu lugar, e esta apenas acenou distraidamente com a cabeça antes de sair do hospital.

Infelizmente, não tinha tempo para jantar, mas isso até a deixava feliz. Afinal, era a desculpa perfeita para reduzir mais um gasto. A barriga roncando não era nada comparada à dor que Sumin havia enfrentado. Enquanto a amiga estava de cama, sem poder comer o que queria, não parecia certo para Jeongmin se fartar do bom e do melhor sozinha.

Ela se lembrou das palavras de seu pai após perder a mãe na infância.

— Agora você não é mais alguém que precisa ser cuidado, mas alguém que deve cuidar dos outros.

Aquilo era tanto uma maneira de insinuar que, devido à situação financeira, não poderia apoiar a atividade criativa da filha, quanto um pedido para que dividisse com ele o peso de ser o chefe da família. Naquela ocasião, Jeongmin assentiu sem protestar.

Certo, agora sou eu quem precisa cuidar de alguém. Jeongmin carregava um forte senso de responsabilidade, e esse era o maior infortúnio que a vida lhe impusera.

Saiu do hospital e foi diretamente para o curso. Conduzia a aula, fungando, quando uma aluna apontou assustada para o canto do papel.

— Professora, tem sangue...

Do nariz de Jeongmin, escorria e pingava um sangue ralo.

— Desculpa. Vou trocar o papel pra você.

Amassou um lenço áspero e o enfiou no nariz de qualquer jeito para estancar o sangramento. Não queria encarar o estado do próprio corpo. Nos últimos dias, vinha se sentindo extremamente cansada e tinha dores de cabeça frequentes. Porém, se focasse na ideia de estar doente, o trabalho não fluiria bem. Acreditar que uma hemorragia nasal não era nada de mais era uma abordagem muito mais positiva e fazia bem para sua saúde mental. Antes mesmo da dor de cabeça aparecer, ela rapidamente tomou um comprimido analgésico.

— Professora, você tava pensando em coisas indecentes?

— O nariz da professora Jeongmin sangrou porque ela teve um pensamento pervertido!

Os estudantes, a princípio preocupados, logo começaram a brincar e a fazer piadas. Na verdade, Jeongmin gostava daquele brilho ingênuo.

— Minji e Juyeon, vocês vão ficar desenhando por mais trinta minutos hoje.

As duas alunas travessas soltaram gritinhos estridentes. Ao ver aquela reação exagerada das garotas, Jeongmin esqueceu o cansaço, ainda que por um breve momento. Mesmo precisando trocar o lenço que tampava o nariz mais três ou quatro vezes até o fim do expediente, sua dedicação — ao desenhar, ensinar e se esforçar para cuidar da amiga — era suficiente para superar até mesmo sua exaustão.

No dia da alta de Sumin, o médico alertou Jeongmin sobre a importância de cuidar da alimentação dali para a frente. Explicou que, se negligenciados, os pólipos gástricos poderiam voltar e, no pior dos casos, evoluir para um câncer de estômago. Ao ouvirem a palavra "câncer", as duas ficaram desnorteadas e saíram do hospital com os ombros tensos.

— Acho que não vou poder mais comer frango frito.

— Por enquanto, tá proibido.

— O que vou comer, então?

— Sopa de *doenjang* com repolho, charuto de repolho, sopinha de repolho, picles de repolho...

— Blergh!

Sumin sacudia as mãos em recusa, dizendo que já tinha perdido completamente o apetite. Nisso, o olhar de Jeongmin foi direto para o pulso da amiga — estava só pele e osso. Decidiu naquele instante que a encheria de repolho até vê-la recuperar o peso perdido. Pegou o celular e, sem que Sumin percebesse, aumentou a quantidade de repolho no carrinho do mercado online.

A certa altura, chegaram à Casa de *Tteok* da Sunyeong, e Jeongmin estava determinada a cumprir a promessa feita.

— Vamos comer *dango* de chá verde para comemorar sua alta!

Estava disposta a deixar o repolho de lado, pelo menos naquele dia, para que a amiga pudesse comer algo diferente e celebrar. Porém, no exato momento em que Jeongmin, cheia de determinação, estendeu a mão para pegar o pacote de *dango* de chá verde, Sumin segurou sua mão.

— Pensando bem... Acho que hoje vou querer o de molho de soja.

— Assim, do nada?

— Tô com vontade de algo salgado.

— Como assim? Você passou o tempo todo falando do *dango* de chá verde! — Jeongmin percebeu que o rosto de Sumin estava mais sério que o normal. — Hoje podemos gastar mil wons a mais. Tá tudo bem.

— Não, sério. Tô com vontade do de molho de soja.

Jeongmin achou estranho aquela mudança de ideia de repente, mas, como a amiga disse que queria comer aquilo, acabou concordando sem mais questionamentos.

Na verdade, Sumin também havia reparado no pulso direito da amiga. Embora estivesse parcialmente coberto pela manga, dava para ver um pequeno adesivo analgésico da cor da pele colado ali. Era para a dor no pulso, resultado da sobrecarga de trabalho. Sabendo disso, não conseguia simplesmente agir como uma criança, insistindo em comer o que queria. Ainda queria experimentar o *dango* de chá verde, e mil wons a mais continuavam não fazendo tanta diferença, mas...

Imagino o quanto sofreu por minha causa.

Sumin sempre quis ser amiga de Jeongmin, nunca um fardo.

Com a recuperação de Sumin, as duas voltaram a trabalhar juntas e a economizar como antes. Aos poucos, os recursos para a exposição foram se acumulando. Elas não se deixaram abater pelos acontecimentos do passado, endireitaram as costas e seguiram firmes em direção ao futuro. Era começo de julho, um período que suportavam engolindo remédios para o estômago e para dor de cabeça como se fossem balas.

Já não aceitavam mais trabalhos extras e trabalhavam apenas o suficiente para cobrir as despesas básicas. Havia chegado a hora de dar tudo de si nos preparativos para a mostra individual. Alugaram temporariamente um pequeno ateliê semissubterrâneo perto de casa e transferiram seus materiais de arte para lá.

O tema escolhido para a exposição conjunta foi "Lendas Asiáticas: Uma releitura", proposta que consistia em transformar antigas histórias coreanas em pinturas contemporâneas. Cada uma planejou obras que refletissem seu estilo individual, com base em diferentes referências.

Mastigando uma bala de gelatina, Sumin se aproximou da mesa de Jeongmin, cheia de materiais espalhados por todos os lados.

— Já decidiu qual desses vai usar?

— Sim. Vou trabalhar com a Lenda da Rocha Vermelha.

— Rocha Vermelha? Isso traz uma imagem bem forte.

— Né? Bom, é uma história da dinastia Joseon. Uma grande rocha na montanha pegou fogo justo quando um idoso cego subia a montanha sozinho. Sentindo o calor, ele usou todas as suas forças para apagar as chamas, mesmo sem enxergar. No entanto, acabou ficando com o corpo coberto de queimaduras. Ao saber disso, o deus da rocha, muito agradecido, concedeu ao idoso uma generosa recompensa.

— Que tipo de recompensa?

— A capacidade de enxergar seres invisíveis! A partir de então, dizem que os descendentes do idoso viveram geração após geração confortando muitas pessoas com o poder de ver aquilo que os outros não conseguiam.

— É como uma espécie de conto heroico, né? Fascinante!

— O mais fascinante é que essa rocha ainda existe! Aqui diz que as pessoas ajudadas pelos descendentes do idoso construíram um templo em cima dela há muito tempo.

— Qual é o nome desse templo?

Jeongmin começou a revirar os livros e documentos de referência. Todos falavam sobre a Lenda da Rocha Vermelha, mas o nome do templo não era mencionado em lugar algum.

— Não sei... Enfim, não é tão importante, né?

— É, verdade.

Enquanto a amiga ajeitava os arquivos espalhados, Sumin colocou discretamente ao lado os papéis que havia pesquisado.

— Eu descobri uma lenda sinistra.

— História de terror? Deve ser interessante.

— Você conhece o "Princípio da Troca de Almas"?

— Nunca ouvi falar.

— Como falei, é uma história meio assustadora. Dizem que, desde os tempos antigos, se uma pessoa for salva, outra precisa morrer. Por isso, ninguém deve interferir no destino de outro sem pensar duas vezes.

— Credo! Acha que consegue desenhar isso bem?

— Claro! — Com um ar confiante, Sumin mostrou uma referência contendo uma ilustração horripilante. — Mal posso esperar pelo fim do ano! Tomara que muita gente veja nossas obras.

— Vai dar certo, com certeza.

— Quando a gente ganhar bastante dinheiro, Jeongmin, o que você quer fazer primeiro?

— Ah, sei lá... Viver como as outras pessoas.

As duas se sentaram à mesa e deram início ao trabalho. Sem janelas, não podiam ver o sol nem a lua, mas o brilho da lâmpada fluorescente, acesa vinte e quatro horas por dia, impedia que o ambiente parecesse melancólico. Elas se apoiavam uma na outra, juntas nas horas de fome e nas dores de cabeça. Sempre que viam nas redes sociais as fotos glamourosas de colegas bem-sucedidos, sentiam-se frustradas por terem que lutar obstinadamente só para realizar uma única exposição. Jeongmin queria, um dia, experimentar a tal de *nail art* que as amigas ricas diziam fazer para aliviar o estresse. Agarrou, junto ao pincel, o pequeno desejo de enfim viver desfrutando a vida. Ouviam uma das músicas favoritas de Sumin, depois uma das favoritas de Jeongmin. As melodias, ininterruptas, preenchiam o ateliê.

O processo fluía tranquilamente. Obras e mais obras que dariam vida à galeria foram concluídas, assim como a composição e o percurso de visitação, que começavam a tomar forma. Só faltava encontrar um elo que unisse as individualidades das duas. Enquanto isso, o dinheiro da conta ia embora rápido, como água escorrendo por um copo furado.

Com o verão chegando ao fim e o outono se aproximando, foi Jeongmin quem primeiro percebeu que o saldo da conta estava zerado. Ela retomou as preocupações de meses atrás: deveria reduzir os gastos com materiais? Com comida? Onde e como poderia economizar? Não havia nenhum rombo na conta, mas o dinheiro mal entrava e já escapava.

A voz de Sumin, escancarando a porta do ateliê, tirou a amiga de seus pensamentos.

— Jeongmin, você não vai acreditar! — exclamou ela, entrando sem nem dizer "oi" e mostrando uma mensagem no celular. — Parece que, no fim do ano, o pessoal da Fundação Gold vai visitar nossa exposição.

— Mas a gente nem divulgou ainda. Como ficaram sabendo?

— A Eunhee trabalha lá como estagiária administrativa, lembra? Ela passou nosso portfólio e o cronograma pra eles e, pelo visto, acharam interessante. Demais, né?

A Fundação Gold era uma das grandes patrocinadoras do mundo da arte, conhecida por descobrir novos talentos a cada ano e oferecer um enorme suporte financeiro. Além do apoio em dinheiro, promovia diversos projetos colaborativos e facilitava encontros com mestres consagrados, investindo pesado na formação de jovens artistas. Assim como o apoio era notório, o olhar deles também era extremamente exigente. Era comum receberem portfólios sem sequer responder, e era raro mesmo artistas renomados conseguirem atraí-los para suas exposições. Por isso, o fato de uma fundação tão seletiva demonstrar interesse em visitar a exposição delas era um sinal muito promissor.

Por mais que não fossem escolhidas como artistas revelação, a simples presença deles já as faria ganhar repercussão, atraindo a atenção dos curadores de outras instituições.

— O que foi?

— ...

— O quêêê? Tá chorando?

Os olhos de Jeongmin, que nunca perdia a compostura, estavam vermelhos e marejados. Assim que viu a amiga daquele jeito, Sumin foi tomada pela emoção e a abraçou com força.

— Hã? Jeongmin... — Enquanto enxugava as lágrimas de alegria, a expressão de Sumin de repente ficou séria. — Seu nariz tá sangrando.

Jeongmin deu um sorriso discreto e tapou o nariz com os dedos, como se não fosse nada. Afinal, uma notícia daquelas fazia até uma hemorragia nasal parecer insignificante.

— Se estiver muito cansada, por que não vai ao hospital tomar um soro?

— Só por causa de um sangramento no nariz?

Sumin ficou apreensiva ao perceber como a amiga estava pálida, mas ao vê-la sorrindo de forma tão radiante, engoliu a preocupação. Já que estavam travando aquela batalha contra o cansaço para organizar a exposição, cerrou os punhos, decidida a dar o melhor de si até o fim. Mesmo sem dizer uma palavra, aquele sentimento chegou por inteiro a Jeongmin por meio de um olhar caloroso.

Quando se deram conta, já era outubro, e o outono estava em pleno vigor. Com os sangramentos nasais se tornando cada vez mais frequentes, Jeongmin achou estranho e decidiu procurar um otorrinolaringologista.

— Não há nenhum problema aparente no seu nariz.

O especialista examinou minuciosamente o interior do nariz dela, mas não conseguiu identificar nada de errado. Em geral, hemorragias nasais ocorrem por feridas na mucosa ou fragilidade dos vasos sanguíneos, mas no caso dela, não havia qualquer anormalidade visível.

— Com que frequência isso acontece?

— De uns tempos pra cá, está acontecendo quase dia sim, dia não.

— Realmente, é bem mais frequente que o normal.

— Deve ser só cansaço, né?

— Veja bem... O nariz não é um órgão que mede o nível de cansaço. Se o sangramento está acontecendo com tanta frequência, pode ser indício de um outro problema. É raro, mas pode ser algo relacionado aos nervos sensoriais. Vou lhe dar um encaminhamento, então sugiro que vá a um hospital maior para fazer exames. Não ignore isso, tudo bem?

Jeongmin assentiu distraidamente e se levantou da cadeira. Percebendo a atitude despreocupada da jovem, o médico, inquieto, acrescentou:

— Os nervos sensoriais não funcionam dentro dos órgãos sensoriais. Sabe disso, não sabe?

Em resposta à orientação médica, Jeongmin fez apenas um aceno de cabeça por educação. Sair da consulta sem conseguir descobrir o que tinha, só com uma despesa a mais, fez seu estômago revirar.

Ah, é só o nariz... Não é como se fosse a mão que uso para desenhar.

Preferiu pensar que era até melhor assim. Dos órgãos que poderiam ser afetados pela exaustão, foi só o nariz. Sentir cheiros não era tão relevante para a arte. Se perdesse o olfato, ficaria difícil perceber cheiros e sabores, mas esse não era um sentido essencial para uma pintora. Ela concluiu que não era urgente tratar aquilo.

Após finalizar o pagamento no balcão, a recepcionista indicou um hospital maior onde Jeongmin poderia dar continuidade ao atendimento. Apenas transmitia a recomendação do médico: que a jovem fizesse um check-up completo ali.

— Quanto mais ou menos custaria isso?

— Se fizer uma tomografia, vai dar cerca de cento e cinquenta mil wons.

— Ah, sim. Obrigada.

Jeongmin soltou um riso irônico diante do absurdo. Ao ouvir “cento e cinquenta mil wons”, qualquer intenção que tinha de fazer o exame se dissolveu de imediato. Já estava apertado pagar os materiais e o transporte das obras, então gastar essa quantia toda no nariz não fazia sentido.

No caminho de volta para casa, ficou olhando por um bom tempo para o relatório que a recepcionista havia lhe entregado.

— Qual a necessidade de uma tomografia? *Tsc*. Isso é só pra lucrar em cima da gente.

Fingir que não ouviu a recomendação lhe deu a sensação de ter economizado cento e cinquenta mil wons. Imaginou o dinheiro se acumulando na conta, sem ter movido um dedo, como se tivesse ganhado uma bolada. Foi arejando as ideias, na tentativa de aliviar o estresse aos poucos.

Era uma tarde qualquer de um dia útil. No parque próximo à estação de metrô, uma feirinha acontecia a todo vapor. Logo na entrada, uma barraca chamou a atenção de Jeongmin.

Colares da amizade 1+1
20 000 wons

Seus olhos foram atraídos pelos colares artesanais: tinham um pingente em forma de coração no qual se podia colocar a foto que quisesse, e, quando fechado, cintilava em prata. Por coincidência, alguns meses antes, ela e Sumin haviam tirado uma foto juntas numa cabine, então Jeongmin se pegou imaginando como seria colocar a mesma foto nos dois pingentes e andar com eles por aí.

— É isso!

Seus olhos brilharam de repente. Naquele momento, a exposição enfim foi concluída.

Novembro. Com a instalação dos painéis divisórios, o percurso de visitação da galeria começou a tomar forma. Sumin e Jeongmin ficaram encantadas com o espaço que antes existia apenas na imaginação se tornando realidade. Para reduzir os custos de montagem, elas mesmas pegaram no batente, e, como as duas eram muito habilidosas, tudo avançou rápido. O representante da galeria fazia checagens frequentes no espaço que, aos poucos, assumia contornos de exposição.

— É inusitado ver duas artistas montando uma exposição dentro de um mesmo tema. Mas a sensação é de que o espaço está dividido em duas seções.

Era, de certo modo, um comentário esperado. Afinal, cada uma expressou livremente seu estilo e suas preferências, sem interferir no trabalho da outra. Visando à harmonia, o representante sugeriu estabelecer um elo entre as seções. Esse era justamente o ponto que as duas já vinham ponderando havia algum tempo.

Por não ter uma resposta clara, Sumin sentiu-se diminuta diante do feedback do responsável, mas Jeongmin não perdeu a confiança.

— Já providenciamos isso.

— Vocês pretendem implementar em breve?

— Sim. Logo, logo.

O representante disse que retornaria quando a instalação que serviria de elo entre as partes estivesse concluída e, após desejar boa sorte, deixou o local. Alheia à situação, Sumin observava a cena com um olhar de estranhamento.

Jeongmin tirou dois colares do bolso interno da jaqueta.

— Abra o pingente.

Dentro, estava a foto que tiraram juntas, recortada em miniatura.

— Que fofo! Quando você fez isso?

— Só de olhar pra esse colar, todos vão saber que tipo de relação nós temos — respondeu Jeongmin, satisfeita com a reação da outra. — A gente se parece bastante, tem nomes parecidos e passou muito tempo juntas, né? Mas nossos trabalhos são completamente diferentes. Quero expor o colar bem no centro, entre as duas seções. Espero que as pessoas usem nossa amizade como ponto de partida para imaginar a conexão entre as obras.

Ela comentou ainda que colocaria um par de torsos de

gesso no meio da galeria. O plano era pendurar o colar nos torsos e posicioná-los um de frente para o outro, como forma de expressar a relação entre as duas. Sumin acrescentou:

— E se o meu torso ficasse na frente da sua seção e vice-versa? Acho que seria ainda mais impactante.

— Ótimo, vamos fazer assim!

— Posso usar esse colar até a exposição?

— Claro que pode!

Sumin adorou o presente atencioso da amiga. Não importava quanto havia custado, seu valor ia muito além do dinheiro. Vendo o rosto iluminado dela, Jeongmin sentiu como se tivesse sido recompensada até por coisas que nem chegou a oferecer. As duas caminharam livremente pela galeria ainda vazia, aproveitando o espaço.

— Se tudo der certo, vamos fazer outra exposição depois.

Pela primeira vez, Sumin não sentia medo de falar sobre o futuro. Se fosse na companhia de uma pessoa tão atenciosa como Jeongmin, passar a vida inteira fazendo exposições conjuntas não seria nada mal. Ela caminhou devagar, passo a passo, em direção à saída, tentando se colocar no lugar de um visitante. Jeongmin a seguia em silêncio.

— A gente combina no jeito...

As palavras de Sumin ecoavam pela galeria como uma canção sem melodia. Ela imaginou as paredes alinhadas dos dois lados completamente revestidas com as obras das duas. Com a chegada do fim do ano, esse sonho estava prestes a se tornar realidade.

— Nossos corações vivem em sintonia...

Sempre que fantasiava um futuro em que a exposição fazia sucesso e em que se tornavam artistas renomadas, sentia-se feliz. Talvez em breve se abrisse diante delas uma vida na qual não precisariam mais depender de frilas nem engolir sapo de cliente. Podia ser que já estivesse contando com os ovos dentro da galinha — mas, pela primeira vez, podia sonhar livremente com a receita da omelete que faria. Queria viver todos os dias esperando pelo amanhã, com o coração batendo de expectativa. E, se possível, junto de Jeongmin.

Quando ganharmos bastante dinheiro, vamos viajar para o exterior. Visitar o Museu do Louvre, o Museu do Prado. Comer comidas deliciosas. Usar roupas bonitas. Se era para alimentar o coração com doces desejos, podia inventar quantos quisesse. Em todos os devaneios de Sumin, Jeongmin estava sempre presente.

— Será que fomos gêmeas numa vida passada? Ou quem sabe *doppelgängers*?

Olhou para trás, em direção à amiga querida que provavelmente a seguia sem dizer nada.

Tum.

Sumin viu. A tragédia de Jeongmin — talvez sua *doppelgänger* — caindo no chão.

A última cena daquela lembrança era a silhueta cheia de vida de uma jovem caminhando rumo ao futuro. A visão da espectadora vacilou e, em seguida, mergulhou em queda livre. E, então, blecaute. Aquele foi o fim de Jeongmin, cuja mão eu segurava.

— O que aconteceu?

Assim que soltei sua mão, a jovem olhou para as unhas, limpas e bem cuidadas. Ao abrir e fechar os dedos, parecia tentar relembrar a sensação do calor de um corpo vivo.

Será que mortos não sentem nada ao recordar o dia de sua morte? O rosto de Jeongmin também não carregava nenhum pesar. Parecia alguém que havia perdido metade de suas emoções.

— Foi um tumor cerebral.

— Quer dizer que não sabia de algo tão grave?

— Não sei se posso dizer que não sabia. Meu corpo deu sinais o tempo todo... Fui eu quem fingiu que não via.

— Mas foi tudo tão de repente...

— Sim, foi repentino. Mesmo com os sangramentos frequentes e as dores de cabeça, a culpa foi minha por ignorar tudo.

A morta se virou e ergueu os olhos para o céu noturno além da Hwawoldang, como se olhasse para a casa que tinha deixado para trás.

— Se eu soubesse que tudo ia acabar tão rápido, pelo menos teria experimentado o *dango* de chá verde antes de morrer.

Ela disse em tom de brincadeira — e, ainda assim, ouvir aquilo fez meu coração se apertar. Vovó também era alguém insensível à dor. Raramente ia ao hospital e, quando ia, preferia ir sozinha. Quando eu perguntava o que tinha, ela só balançava o saquinho de remédios e dizia para não me preocupar, que sabia se cuidar. Talvez seja normal adoecer com a idade. Apegando-me a esse pensamento, acabei me tranquilizando do meu jeito. Mas a morte é uma visitante silenciosa, que esconde seus passos. Está ali, leve como o ar, e ainda assim tão pesada.

— Cuide bem da sua saúde. Não adianta tentar fazer as coisas depois de morrer. Olha só as minhas unhas, são a prova disso.

— Não sei se deveria agradecer por esse conselho.

— Enfim, ainda dá para fazer o *dango* de chá verde, né?

Era a minha hora de agir. Para preparar tudo a tempo, abri imediatamente o livro de receitas. Havia uma receita de *dango* de molho de soja, mas parecia que só polvilhar *matcha* por cima não bastava.

— Não tem pressa, pode fazer com calma.

— Não. Tenho que terminar antes da meia-noite, então preciso correr...

— Não sei quanto aos outros clientes, mas eu estou de boa.

Enquanto eu me desesperava, a mulher tentava me acalmar, com uma serenidade impressionante. Não se deixou intimidar nem um pouco pelos impiedosos ponteiros do relógio.

— Enquanto prepara, pode me fazer companhia também?

— Claro!

— Os mortos que passaram por aqui... renasceram como o quê?

Primeiro, mudei de lugar para começar a preparar a massa. Como a cozinha era aberta e ficava perto do balcão do caixa, dava para conversar com ela.

— Não chego a vê-los renascendo. Depois que saem da Hwawoldang, nem sei o que acontece — respondi enquanto moldava os bolinhos de *dango*.

Como bastava amassar a farinha de arroz glutinoso, o processo era simples. Depois, vinha o molho *mitarashi*, que dava ao doce um sabor adocicado e uma textura pegajosa. O molho era feito reduzindo açúcar e molho de soja juntos, mas diminuí bastante a quantidade de shoyu e, já nessa etapa, misturei pó de chá verde e *matcha* — o que suavizou o salgado e realçou o sabor ligeiramente amargo. Depois de cozinhar os bolinhos de arroz, espetei-os no palito e finalizei regando com o molho.

Arrumados lado a lado na embalagem plástica transparente, ficaram com um visual bem agradável. Era a sobremesa que Jeongmin lamentava nunca ter conseguido comprar para Sumin, e que Sumin lamentava ter insistido em pedir. A culpa entre as duas, nascida do carinho mútuo, renascia na forma de pequenas esferas verdes.

— Aqui está o seu *dango* de chá verde.

— Ficou lindo!

Ofereci um espeto extra que não havia sido colocado na embalagem. Sem hesitar, ela aceitou o *dango* que lhe estendi e deu uma mordida. A textura estava mais melequenta do que borrachuda, então a mulher mastigou por um bom tempo antes de engolir.

Como a reação dela não veio de imediato, comecei a ficar apreensiva.

— O que foi? Não veio nada estranho na comida, veio?

— Não, é que...

Examinei o *dango*, mas não notei nada fora do normal. Enquanto comia, Jeongmin deu um sorriso contido, como se achasse algo engraçado.

— É a primeira vez que como isso e, olha...

— Está tão gostoso assim?

— É horrível! — exclamou ela, balançando a cabeça e colocando o espeto de lado. Apesar das palavras, seu rosto ainda exibia um sorrisinho. — Definitivamente, prefiro o de molho de soja. Não sou muito fã desse amarguinho. Por que será que Sumin vivia dizendo que queria tanto comer isso?

— Mas eu fiz com tanto capricho...

— Não falei por mal. Na verdade, fiquei feliz por finalmente ter experimentado. Só queria poder dizer que não gostei olhando nos olhos da Sumin. — O rosto iluminado da mulher, de forma contraditória, parecia melancólico. — Desculpa se for pedir demais, mas poderia fazer um favor para mim?

— Não vai me pedir para entregar isso, vai?

— Vou. Por favor, entregue esse *dango* para a Sumin. Esperei muito tempo pelo dia em que poderia dar isso a ela, sabe? Às vezes, a espera é a forma mais completa de amar.

— O que você quer dizer com isso... Hã?

De repente, senti um cisco no olho. Enquanto eu me atrapalhava, esfregando os olhos na tentativa de limpá-lo, a mulher desapareceu como fumaça — num piscar de olhos, literalmente. A única coisa que restou foi o sino de metal, tilintando baixinho na porta de vidro aberta da Hwawoldang. Seria essa a sensação de ser tomado por um espírito? Na mesa, havia apenas o ingresso da exposição e o colar com pingente.

"Espera"... Não era lá a minha palavra favorita.

O ingresso deixado pela mulher era justamente para a exposição que Iryeong já tinha reservado. Pesquisando às pressas, descobri que uma das artistas se chamava Sumin. Tentei ver aquilo como algo bom, fosse destino ou acaso, mas todos os meus esforços foram inúteis. Além disso, recebi uma ligação com uma notícia nada bem-vinda logo de manhã.

— E agora? Vou ter que trabalhar no fim de semana porque surgiu um projeto extra.

— Então a gente não vai se ver?

— Acho que só saio à noite. Vou cancelar meu ingresso, então vai você. Pelo menos uma de nós deve aproveitar.

Por ser um ingresso datado, se não pudesse ir no dia reservado, não tinha como remarcar — só pedir reembolso. Como não poderia ir comigo, Iryeong despejou um monte de reclamações sobre a empresa e, em seguida, passou um bom tempo se desculpando. Ir trabalhar no fim de semana não era culpa dela, então eu não tinha motivo para guardar rancor.

— Vai com ele.

— Quem?

— O Owol.

— Você quis dizer o Sawol.

— Owol, Sawol... dá no mesmo. No fim, os dois são nomes de dias bonitos, como o de hoje.*

E assim, naquele sábado à tarde, foi Sawol quem acabou ao meu lado. Não me importava de ir sozinha, mas além do meu ingresso digital, também tinha o ingresso físico da Jeong-min. Se eu repassasse um ingresso deixado por um morto para alguém comum, como Iryeong, havia o risco de uma energia ruim ser transmitida. Nesse sentido, Sawol era o acompanhante ideal para a ocasião.

— Por incrível que pareça, sou um fornecedor ocupado, tá? Me chamar no fim de semana para um compromisso pessoal desses... Valeu mesmo, viu?

— Isso quer dizer que você gostou ou não?

— Quer dizer que gostei, né? Quem não curtiria um programa cultural de graça, afinal?

Sawol, vestindo camisa amarela e um jeans despojado, sem nenhum traço de xamã, espreguiçou-se enquanto caminhava pela rua. Seus braços longos se esticaram tanto que as pontas dos dedos pareciam quase tocar o céu. Ele comentou que andava cansado da rotina monótona de ir de casa até os clientes e dos clientes para casa, então era bom sair para tomar um pouco de ar fresco, e começou a cantarolar. Um lado fofo inesperado para alguém do seu tamanho. Antes de convidá-lo para a exposição, fiquei com receio de que recusasse, mas ao ver como estava animado, percebi que me preocupei à toa.

* "Sawol" é como se escreve "abril" em coreano, enquanto "Owol" é como se escreve "maio". "Sa" refere-se a "quatro" e "O" se refere a "cinco", enquanto "wol" é uma terminação usada para todos os meses, ao mesmo tempo que significa "lua". Por se tratar de nomes referentes a meses próximos, ambos na primavera da Coreia, é provável que seja por isso a confusão de Iryeong. (N. T.)

— Sawol, tá muito calor. Melhor a gente pegar um táxi daqui.

— Vamos a pé.

— A corrida é curta, eu pago.

— Vamos andando mesmo.

Insisti várias vezes na ideia do táxi, mas ele teimava em ir a pé. Mesmo quando garanti que ia pagar — caso o motivo fosse o valor da corrida —, ele apenas mudou de assunto rapidamente.

— O ingresso veio de uma pessoa morta, né? Então, tudo o que precisamos fazer é entregar o *dango* de chá verde para a artista.

— Isso. E justo hoje é o dia em que a artista vai estar presente na exposição.

Sawol me perguntou como se fazia o *dango* de chá verde e, em seguida, quis saber também sobre outros tipos de *wagashi*. Sempre que a conversa ganhava um tom mais íntimo, ele recuava com sutileza. Essa dança de aproximação e afastamento se repetiu algumas vezes.

Eu queria perguntar sobre o que tinha ouvido em Hongseoksa, mas Sawol não me deu brecha. Seguia entretido, tagarelando sozinho sobre os doces da Hwawoldang. O entusiasmo, e a forma como ele se deixava levar pela própria fala, era tão gostoso de ver que resolvi guardar minha pergunta para outra hora. Achei melhor não estragar o clima com uma conversa difícil.

Enfim, ao chegarmos à entrada da galeria, uma longa tela vertical exibia as informações da mostra. Sawol enfiou as mãos nos bolsos e leu o tema da exposição.

— Artista em ascensão. Primeira exposição solo da pintora de estilo asiático Kim Sumin. Tema: "Memorial". Uma história sobre memórias que permanecem vivas. Com as obras póstumas de uma estrela que brilhou intensamente... Bem significativo, não acha?

— Obras póstumas... Então, há trabalhos da morta sendo exibidos também.

Entramos na galeria e apresentamos os ingressos. A mostra, de grande porte, reunia pinturas asiáticas digitais sob o tema "Memorial". Tigres e grous-da-manchúria, o sol e a lua, paisagens de montanhas e rios — todos esses elementos ganhavam cor através de uma estética contemporânea. Ver pessoalmente as obras que já conhecia da vida de Jeongmin foi uma experiência fascinante. Parecia que as imagens, antes restritas à imaginação, haviam tomado forma e substância, renascendo no mundo real.

— Yeonhwa, quer tirar uma foto de recordação?

— Boa ideia! Onde acha que fica melhor?

— Que tal ali, na frente dos torsos?

Sawol apontou para as estátuas de gesso branco instaladas no centro do espaço. Um par de torsos voltados um para o outro. A última cena que permaneceu na memória de Jeongmin antes de morrer.

Assim que vi o colar pendurado em apenas um dos torsos, peguei do bolso o pingente deixado pela falecida e o examinei. Eram iguais. Aquilo se tornou um objeto inesquecível não só para Jeongmin, mas também para Sumin. Era uma pena que aquele colar teria que ser trocado por dinheiro em Hongseoksa.

Alguém esticou o pescoço por cima de nossos ombros.

— Esta é a obra que me fez ser quem sou hoje.

A mulher que apareceu de repente era a figura central da exposição e a pessoa que viemos encontrar: Sumin. Tinha os mesmos traços e aparência que eu vi na vida de Jeongmin, mas emanava uma aura mais madura.

Havia nela uma sofisticação e uma tranquilidade que sugeriam que não precisava mais se preocupar com dinheiro para alugar uma galeria.

— Você é a artista? Sumin?

— Tudo bem se eu explicar a obra para vocês?

— Por favor!

Escondi o colar de volta no bolso e me posicionei em frente aos torsos. Sumin começou a explicação com uma voz serena:

— Estes torsos são a escultura à qual devo meu vínculo com a Fundação Gold. Servem como uma ponte entre as obras de cada uma, e as pessoas adoraram a ideia de que a pintura das duas, com características bem distintas, se conectam por meio deles. Graças a isso, muitos críticos comentaram sobre o trabalho, e agora, quatro anos depois, estou aqui, realizando minha primeira exposição individual. Na verdade, a ideia foi concebida por uma amiga muito querida, que infelizmente não está mais conosco. Se estivesse aqui, ficaria tão feliz...

Por um momento, achei que tivesse ouvido errado, porém, quanto mais ela falava, mais tudo soava estranho.

— Espere aí... Você disse quatro anos?

— Sim, foi em novembro, quatro anos atrás, que perdi minha amiga.

O monge de Hongseoksa mencionou o livro dos registros das almas. Depois de três anos, o nome é apagado do livro, e a alma do morto perde a chance de renascer como um ser vivo. Nesse caso, a Jeongmin que servi naquele dia...

— O colar no seu bolso... Não vai mais precisar levá-lo ao templo — sussurrou Sawol no meu ouvido.

Pensar em Jeongmin, presa na fronteira entre este mundo e o outro, incapaz de seguir rumo ao futuro, preencheu meu peito com um vazio insuportável. Ela não chorou, nem no fim. E ali, diante de mim, Sumin também não chorava. Mas por quê, então, meu coração doía tanto? Jeongmin não escolheu no que queria renascer... porque, no fundo, já sabia que não tinha essa escolha. O que esperava havia tanto tempo não era uma nova vida para si, mas o momento em que a pessoa que mais amava alcançasse o sucesso neste mundo. E naquele espaço onde o afeto de alguém ganhava forma, fui tomada por uma tristeza que superava qualquer alegria.

Tirei do bolso o colar e devolvi ao torso a memória que lhe faltava.

— Esse colar...?

Sumin, espantada, abriu o pingente do colar. Era idêntico ao que ela já possuía. E, claro, só poderia ser — afinal, foi deixado comigo pela sua outra metade.

— A pessoa que encomendou o *dango* de chá verde pediu que eu entregasse isto a você.

Estendi a sacola contendo o *wagashi*. Sumin olhou para o doce dentro da embalagem e, em seguida, para mim, com uma expressão incrédula. Seus olhos brilhavam, cheios de nostalgia.

— Isso... Co-como é possível?

Meus sentimentos eram um turbilhão. Saber da verdade me impedia de desejar, com o coração leve, a felicidade da falecida — e isso era extremamente angustiante. Será que ela tinha virado vento? Será que queria ser o vento? Para onde será que foi? Por que aguentou tanto tempo...? *Tempo é dinheiro* — a voz do passado ecoava como uma alucinação. Se era assim, então a saudade acumulada ao longo daqueles anos era ouro.

— Parabéns pela estreia solo — encorajou-a Sawol, em meu lugar, percebendo que eu não conseguia dizer uma palavra.

Aquela que torceu por você, de todo o coração e sem jamais ser vista, talvez continue vagando por este mundo para sempre. Uma alma pura, enfim, partiu em busca da liberdade que lhe cabia. Ainda que nunca mais possa estar ao seu lado como amiga, deixou um amor que será lembrado para sempre.

Testemunhando um sentimento extraordinariamente duradouro, desejei que fossem felizes.

5

Mochi de morango

— Você vende *mochi* de morango?

Alguns dias depois, meu quarto cliente foi um garoto com jeitinho travesso, usando um boné virado para trás. Eu ainda sentia o peso deixado pela última cliente, por isso não consegui receber a criança com leveza.

Um boné amarelo, jeans que ainda não haviam desbotado e uma camiseta branca impecável, sem um único fio solto. Com um console de video game em mãos, o menino olhava repetidas vezes ao redor, como se estranhasse estar sozinho numa confeitaria de *wagashi*. Ao perceber que ele não tinha sombra e estava, sem dúvida, morto, senti um gosto amargo se espalhando na ponta da minha língua.

Abaixei-me para ficar na altura dos olhos dele.

— Já está tarde. Você sabe que tipo de lugar é este?

— Claro que sei.

— Posso perguntar quantos anos você tem?

— Tenho nove.

Como pode uma criança que ainda devia estar correndo pela escola primária ter morrido e se tornado uma alma com aparência tão impecável?

Alheio à tristeza dos adultos, o menino desviou os olhos para a telinha do video game e falou com indiferença:

— Se não tiver *mochi* de morango, vou embora.

— Eu posso fazer pra você, mas é que isso parte meu coração.

— Por quê? Eu tenho dinheiro!

Enquanto uma música engraçada saía do aparelho, ele revirou os bolsos e tirou uma cédula. Era mais do que suficiente para comprar um *mochi*, mas só de imaginar aquela criancinha atravessando a soleira da loja com o doce em mãos, já ficava com o coração apertado. Será que é assim que a gente se sente ao soltar um filhote de volta à natureza?

No entanto, se confortar os mortos era a sina da proprietária da Hwawoldang, então cabia a mim proporcionar a última alegria desse menino. Pelo menos, era um alívio saber que, mesmo após a morte, ele ainda podia se divertir jogando.

— Por que fica me olhando assim? Parece até a minha irmã.

— Você tinha uma irmã?

— Sim. Eu pedi *mochi* de morango porque ela gostava.

— Sua irmã também...?

— Não. Ela tá viva.

Então, por que você tá aqui sozinho? Quis perguntar na hora, porém, com medo de magoá-lo, só apertei os lábios, tentando manter meu papel de adulta séria.

— Também gosto de video game. Será que posso jogar com você?

— Sério? Você consegue derrotar o chefão?

— Claro! Eu até vendo doces para espíritos!

— Então senta aqui comigo! Dá para jogar de dois — exclamou ele, animado, sacudindo o video game.

Pelo jeito como se empolgou com a ideia de jogarmos juntos, dava para ver que era uma criança que gostava muito de estar com as pessoas. Era adorável como um cachorrinho, e isso só fazia meu peito doer ainda mais. Peguei um banquinho, sentei-me ao lado da criança e segurei o console.

Efeitos sonoros estridentes ressoavam pela confeitaria. O menino estava eufórico.

— Qual é o seu nome?

— Jihwan! Park Jihwan. *Nuná*, você tem que pegar o item!

— Desculpa, já pego! Mas, me conta: por que *mochi*?

— Não pedi *mochi*. Pedi mochi *de morango*!

— Ah, foi mal por isso também. Mas é quase a mesma coisa, né?

— Não é não! Minha irmã dizia que *mochi* com morango e sem morango são completamente diferentes!

— Você e sua irmã eram muito próximos?

— Hmm... Será que tenho mesmo que expor a minha vida?

Meio sem jeito, estendi a mão primeiro. Jihwan a pegou e ajustou para que eu pudesse segurar o video game com mais firmeza. Nossas mãos se encontraram com delicadeza ao redor do pequeno dispositivo.

— Em troca, promete que vai atender ao meu pedido?

Assenti com a cabeça, em silêncio.

— Tá bom. Então fecha bem os olhos.

Seguindo as instruções de Jihwan, cobri o mundo com as pálpebras. Uma energia desconhecida percorreu meus braços através do video game e se espalhou por todo o meu corpo. Foi como se minha consciência criasse asas e voasse para longe. Uma sensação surreal.

Do video game, continuava ecoando efeitos sonoros vibrantes sem parar.

Jihwan, com seus nove anos, se sentia desconfortável perto de Yeonju, que tinha dezesseis.

Quando soube que teria uma *nuná*, ou seja, uma irmã mais velha, ficou tão animado que saiu zunindo pela sala feito uma abelhinha. Porém, ao se deparar com uma estudante do ensino médio de uniforme, ela não lhe pareceu em nada com uma *nuná*. No fim das contas, parecia só mais uma adulta — como a madrasta que o pai havia trazido.

— Oi! Vamos nos dar bem, tá?

— Tá bom...

— Não quero que isso pareça complicado pra você.

— Táá...

Yeonju foi quem tentou se aproximar primeiro, puxando conversa e até brincando de forma carinhosa, mas, para Jihwan, tudo ainda soava complicado demais.

Por causa da escola e dos cursinhos, Yeonju só chegava em casa lá pelas onze da noite durante a semana. Para os dois, era mais comum se desencontrarem do que se verem. Um mês já havia se passado desde que começaram a morar juntos, mas o constrangimento entre eles ainda não tinha sumido.

— Yeonju, além de ser mais velha, você é a irmã dele, então precisa fazer um esforço.

— Mas eu fico ocupada estudando.

— Pelo menos nos fins de semana, tente passar um tempo com o Jihwan. Ele sempre ficou muito sozinho... No fundo, é uma criança solitária.

Yeonju já tinha perdido a conta de quantas vezes a mãe pedira para cuidar bem de Jihwan. Como qualquer adolescente do ensino médio, sentia pena dele, mas também o achava um tanto incômodo. Ela ainda era uma adolescente que precisava se apoiar em alguém, então ganhar um irmão mais novo — muito mais novo — não foi exatamente motivo de alegria. Se tivessem menos diferença de idade, ainda dava para dizer coisas como "Ei, vai lá e faz um miojo pra mim!" e brincar à vontade. Mas com um garotinho de nove anos, isso era difícil.

Ainda assim, Yeonju criava coragem de tempos em tempos para se aproximar do irmão. Numa manhã de sábado, ela tomou a iniciativa e foi até o quarto de Jihwan. Ele se levantou apressado da cama, todo tenso. Os punhos cerrados sobre as coxas denunciavam seu nervosismo. Sentada ao lado dele, Yeonju quebrava a cabeça, tentando pensar no que dizer para que se tornassem mais próximos.

— Do que você anda brincando com seus amigos na escola?

— Brawl Stars.

— Brawl o quê? O que é isso?

— É um jogo que meus amigos gostam, tem uns monstros... É... Ah, deixa pra lá.

Entre o irmãozinho, certo de que ela não entenderia por mais que ele explicasse, e a irmã, convencida de que o que o menino falaria não teria graça por mais que ela ouvisse, tudo o que restava era um silêncio constrangedor, entrecortado apenas pelo som da respiração. Conversar sentado, colado em alguém com quem não se tinha intimidade, era difícil, fosse aos nove ou aos dezesseis anos.

Chamar de *nuná* aquela garota alta, com uma pinta na bochecha direita, ainda uma estranha, mesmo sentada ao seu lado, não parecia nada natural para Jihwan. E, diante daquela presença intimidadora, nem mesmo sentia curiosidade por ela. Também não tinha nada para perguntar. Ainda assim, com medo de que a irmã ficasse com raiva se ele continuasse calado, espremeu os miolos até pensar em algo para dizer.

— Você é boa aluna, *nuná*?

Para Yeonju, era o pior tipo de pergunta possível.

— Nem tanto.

— Em que lugar você ficou no ranking da escola?

— Em octogésimo sexto...

— Hmm... Caramba!

O ar entre os dois voltou a pesar. Yeonju sabia que era só uma pergunta inocente de uma criança, mas não gostou nem um pouco de ser questionada sobre suas notas assim, sem mais nem menos.

— E você? Tá indo bem na escola?

— Eu sou bom em matemática.

— É? Tirou quanto?

— Acertei doze de trinta.

— Mas isso não é ser bom.

— É mesmo...?

Jihwan fez biquinho. Tinha acertado até mais do que conseguia contar nos dedos das mãos, e mesmo assim sua irmã não o elogiou. Aquilo lhe pareceu muito injusto. Ao ver o menino amuado, Yeonju ficou sem saber o que dizer.

— Hã... é... Ei, olha só, aquele seu boné amarelo é bonitinho, né?

Seguindo o fluxo dos próprios pensamentos, Yeonju apontou para o boné pendurado no armário à frente — falou a primeira coisa que veio à cabeça. Depois de três minutos sentados em silêncio, ela finalmente se rendeu ao constrangimento. Despediu-se com uma formalidade esquisita — do tipo que os adultos usam no trabalho: "A gente se vê na hora do almoço" — e escapou direto para o quarto.

Sozinho na cama, Jihwan sentiu certo alívio ao ver aquela presença incômoda ir embora. Por outro lado, teve uma pontada no peito ao pensar que ela provavelmente o detestava.

Os dois eram tão parecidos no jeito calado e introvertido que, na real, era até preferível estar com os adultos. Fins de semana assim se repetiram muitas e muitas vezes. Na tentativa de aproximar os irmãos, os pais lhes davam dinheiro e mandavam que fossem juntos ao mercado comprar sorvete. Contudo, depois de pagarem juntos, cada um seguia seu caminho a cinco passos de distância do outro.

Não dá nem pra fazer piada com uma criança de nove anos... Que coisa!

Como a nuná *é do ensino médio, ela não deve gostar das minhas brincadeiras, né?*

Não se odiavam, mas agiam como se assim se sentissem — frios e distantes. Como ambos eram calados por natureza, o cuidado em não incomodar o outro só aumentava a distância entre eles, nunca diminuía.

Jihwan passava a tarde de um dia útil no parquinho, brincando de pega-pega com Jitae e Nari. Depois de correrem por ali como se estivessem em casa, os três estavam ofegantes.

Mesmo sem fôlego, Jihwan só pensava em continuar correndo. Sentia que ainda tinha energia para brincar por mais três horas. Nari enxugou o suor acumulado na testa e abriu a mochila, jogada no chão de terra. A garrafinha térmica, envolta por uma toalhinha, estava cheia de água gelada.

— Vou só tomar isso e depois vou embora.

— Já?

— Minha irmã falou pra eu voltar cedo. Ela vai fazer arroz frito com ovo só pra mim.

Jihwan segurou o braço de Nari, que estava bebendo água em grandes goladas, e suplicou para que ela ficasse para só mais duas rodadas de pega-pega antes de ir embora. Nisso, a menina deixou cair a garrafa e a água gelada espirrou por toda a sua camiseta. Mesmo assim, Nari não ficou brava.

— Hoje, se eu comer tudo, ela disse que vai comprar jujuba também.

Jihwan lembrava que, alguns dias antes, Nari tinha levado uma bronca dos pais por estar comendo lanches demais em casa. Mas sua irmã, que estava no oitavo ano, tentou acalmá-la prometendo que lhe daria guloseimas escondido. Agora, empolgada com a ideia de comer um monte de jujubas, Nari não conseguia conter a alegria. Ela sacudiu a camiseta molhada e se levantou sem hesitar. Com jeito firme e certeiro, guardou a garrafinha de volta na mochila.

Fosse com três ou com dois, ainda dava pra brincar de pega-pega. Com o coração acelerado, Jihwan agarrou com força a mão de Jitae, o único amigo que restava.

— Você não vai, né?

Jitae cutucou o nariz com a mão livre.

— Uhum. Vou brincar mais um pouco.

— Quem vai ser o pegador?

— Vamos tirar no pedra, papel, tesoura!

Os dois estavam prestes a gritar "pedra, papel, tesoura" para decidir quem seria o pegador e quem fugiria.

— Jitae!

Um garoto alto se aproximava do lado de fora do parquinho. Era o irmão mais velho de Jitae, que estava no sétimo ano. Mesmo tendo apenas doze anos, aos olhos de uma criança de nove, ele parecia durão como um grande tigre. Desanimado, Jihwan parou a mão que estava prestes a jogar a pedra.

— Vamos pra casa.

— Eu ainda ia brincar mais de pega-pega...

— Nem pensar. A mamãe mandou eu te levar pra casa depois do cursinho.

— Ah, mas eu não quero!

— Não tem essa de querer ou não. O *hyeong* tá falando, então obedece.

Sabendo que não adiantava desafiar seu *hyeong*, ou seja, seu irmão mais velho, Jitae, cabisbaixo, acabou avisando o amigo que precisava voltar para casa. Jihwan queria chamar o irmão de Jitae para brincar junto, mas a expressão severa, parecida com a de um adulto, o fez perder a coragem de dizer qualquer coisa. O *hyeong* deu uns tapinhas descuidados aqui e ali na roupa suja de terra do caçula, pegou sua mão e o levou embora. Jihwan ainda estava cheio de energia no corpo e, se tivesse alguém para brincar com ele, sentia que poderia correr por horas. Mas não havia ninguém para chamar. Sentado no terreno vazio, chutava a areia inocente de um lado para o outro com a ponta do sapato.

Todos tinham alguém para dar as mãos e ir embora. Deixado sozinho e por conta própria no parquinho, Jihwan sentiu na pele o significado da palavra "solidão".

— Ela deve estar em casa...

Coincidentemente, era o aniversário de fundação da escola de Yeonju. Por isso, ela estava em casa, descansando. De repente, Jihwan desejou que a irmã viesse buscá-lo, assim como o *hyeong* de Jitae.

Ele sentiu vontade de ir para casa. Ainda que só encontrasse a garota distante e alheia, queria ao menos confirmar que não estava completamente sozinho.

Enquanto isso, Yeonju estava estirada no sofá, curtindo a folga da escola. Com o simulado se aproximando, sentia a pressão de estudar mesmo durante o tempo livre. Porém, quanto mais pressionada, mais desesperadamente evitava os livros. Vasculhou a geladeira e se fartou de lanches. Para uma estudante, o paraíso não ficava tão longe. Um único dia sem aula bastava para transformar a casa no próprio Shangri-Lá.

Ela pegou o console que estava na moda entre os amigos. Era um jogo de fases, com chefes para derrotar — mas tinha parado, sem conseguir vencer o chefão final. Deitou-se de bruços, apoiando o queixo numa almofada e se ajeitando para jogar. Naquele dia, como tinha tempo de sobra, sentiu que finalmente conseguiria vencer o desafio.

— Cheguei!

A porta da frente se abriu e Jihwan entrou.

— Voltou cedo, hein?

— É que todos os meus amigos já foram pra casa.

— Lava os pés e as mãos.

Yeonju mal deu atenção à chegada do irmão. Respondeu de qualquer jeito e voltou a tentar se concentrar no jogo. No entanto, naquele dia em especial, não conseguiu deixar de reparar no garoto lavando os pés no banheiro. A expressão abatida dele, como a de uma plantinha murcha, não lhe era familiar. *Será que uma criança de nove anos também tem preocupações?*, indagou-se Yeonju, intrigada, enquanto o observava em silêncio.

— Aconteceu alguma coisa?

— Não, nada.

Jihwan queria contar todos os sentimentos que viveu naquele dia, mas não teve coragem, com medo de incomodar a irmã.

Yeonju ficou perplexa ao ver o garotinho, cuja expressão escancarava que algo tinha acontecido, tentando bancar o adulto com uma atuação nada convincente.

— Então por que voltou tão cedo?

— Porque estava sozinho.

A resposta pegou Yeonju de surpresa. Ela não precisava ouvir mais nada. A imagem de Jihwan sozinho no parquinho formou-se com clareza em sua mente. Ao ouvir a palavra "sozinho", percebeu que havia deixado o irmãozinho de lado — e isso a encheu de culpa.

Jihwan, por sua vez, nem percebeu que tinha surpreendido a irmã. Como não expressou estar magoado ou se sentindo solitário, apenas relatou os fatos, achou que Yeonju não notaria. Mal sabia ele que sua tentativa ingênua de poupá-la a tocaria ainda mais.

Por causa disso, a garota não conseguia mais ignorar seu irmãozinho.

— Quer jogar um pouco?

Yeonju estendeu o video game na direção de Jihwan, que ainda estava com os pés molhados. Assim que viu o console da irmã — que lhe parecia coisa de adulto —, toda mágoa que sentira até então se dissolveu num instante, como algodão-doce na água.

— É um jogo de estratégia contra monstros. Será que você consegue jogar?

— Eu quero! Eu quero!

— Vou te mostrar como se joga.

Yeonju o fez sentar junto dela e lhe entregou o video game. Ela queria jogar, é claro, mas consolar o irmão cabisbaixo parecia mais gratificante do que mais uma partida. Embora ainda houvesse certo estranhamento entre eles, Yeonju queria aceitar Jihwan como parte da família. Também queria aliviar o peso do próprio coração por nunca ter realmente cuidado do irmão mais novo, apesar da diferença de sete anos entre os dois.

— Este é o botão de direção, e este aqui é o de ataque.

— Deixa que eu tento!

— Já comeu?

— Ainda não.

— Quer comer alguma coisa enquanto joga?

— Não precisa.

Jihwan já estava completamente imerso, movendo os dedos sem parar.

— Crianças são tão fáceis de agradar...

Com um leve aperto no estômago, Yeonju abriu a geladeira e pegou as frutas que a mãe já tinha deixado cortadas:

morangos, maçãs e laranjas, todas misturadas. Jihwan, concentrado no jogo, mal olhou para elas, mas ainda assim pegou alguns morangos para beliscar.

— Você gosta de morango?

— Gosto.

— Eu também.

— Ah.

— Nossa, olha só quanta empolgação nessa resposta...

Jihwan jogava como se sua sobrevivência dependesse daquela batalha: dedicava toda sua paixão e concentração, como se pudesse ser expulso de casa caso não derrubasse o monstro.

Yeonju se sentiu satisfeita consigo mesma por ter emprestado o console, achando graça da própria generosidade. Cuidar do irmão não lhe rendia nem mil wons, porém, só de vê-lo se divertindo, ela sentia uma felicidade difícil de explicar.

Ainda com fome, Yeonju pegou o casaco e se preparou para sair.

— Vou comprar um lanche.

— Tá bom.

— Fala "obrigado".

— Falo quando você trouxer.

— Ah é?

Perto de casa, havia uma confeitaria que a garota costumava frequentar. O lugar vendia uma variedade de *mochi* artesanais, mas o de morango era simplesmente uma iguaria. O bolo de arroz glutinoso, recheado com pasta de feijão-vermelho e pedacinhos de meio morango fresco, lembrava um hamster encolhido feito uma bolinha. Vencida pela fofura, Yeonju pediu dois para viagem.

Quando voltou para casa, Jihwan ainda estava absorto no jogo.

— Quer? É *mochi* de morango.

— *Mochi*? Não sou muito fã, não.

— Mas *mochi* de morango é muito superior ao *mochi* simples!

Jihwan pausou o jogo e olhou para o que a irmã trouxe. Yeonju abriu a embalagem de plástico e lhe ofereceu um. Irmão e irmã, em harmonia, deram uma mordida cada um no doce de morango. A doçura característica do feijão-vermelho, diferente dos adoçantes artificiais, misturava-se ao azedinho fresco do morango, enquanto a textura elástica do próprio *mochi* completava a experiência em uma única mordida.

— Tá vendo como o *mochi* fica suculento com morango?!

— Tá uma delícia!

Jihwan adorou o presente de Yeonju. Deu logo mais uma mordida e, como a textura grudenta — parecida com a de uma gelatina — era divertida de mastigar, mesmo depois de terminar, continuou estalando os lábios, saboreando a sensação.

— Não tem nada pra me dizer?

— Muito obrigado — disse Jihwan colocando as mãos sobre a barriga, em um gesto de reverência.

Achando graça na reação exagerada do irmãozinho, Yeonju afagou a cabeça dele. O fino pó de arroz glutinoso que ainda restava em sua mão acabou grudando nos cabelos do menino — parecia até que tinha nevado sobre ele. Ela riu sozinha, achando graça da cena. Ao ver sua irmã rindo, Jihwan sentiu como se a barreira que carregava em seu coração estivesse começando a se desfazer. No fim das contas, nem parecia tão difícil assim.

A felicidade se revela com mais clareza quando não é vivida sozinha, mas compartilhada. Essa era uma verdade tão simples que até o pequeno Jihwan entendeu de primeira.

Depois disso, eles ficaram próximos rapidinho. Yeonju, com a desculpa de que não conseguia derrotar o chefão da fase final, passou a chamar o irmão para jogar e oferecer o video game para ele. Jihwan, por sua vez, fingia relutância, mas, no fundo, adorava poder jogar até cansar graças à irmã. Depois do jantar, mesmo quando a noite já caía lá fora, o menino passava horas sem largar o console — e isso se tornava cada vez mais comum.

— Jihwan, tá na hora de dormir.

— Mãe, só mais um pouquinho!

— Já são nove horas. E esse video game é da sua irmã.

— A *nuná* deixou.

Desconfiada de que ele estivesse jogando sem permissão, a mãe lançou um olhar de lado para Yeonju, mandando um sinal silencioso. A adolescente saiu em defesa de Jihwan, respondendo que estava tudo bem.

— Viu?

Ter uma irmã que emprestava o video game e ainda ficava do seu lado fazia Jihwan se sentir acolhido como nunca antes. Ficar imerso no jogo até tarde da noite, esfregando os olhos sonolentos, não era só pela diversão. Sentia que, se conseguisse derrotar o chefão, como a irmã havia pedido, estaria retribuindo, de alguma forma, toda a generosidade e consideração que ela demonstrava.

Mesmo quando brincava no parquinho com Nari e Jitae, ele já não pedia mais para ficarem por mais tempo. Jitae estranhou ao vê-lo ser o primeiro a pegar a mochila, algo fora do normal.

— Você já tá indo?

— Aham. É que agora tenho video game.

— O quê?! Sua mãe comprou pra você?

— Não, foi a *nuná* que me emprestou.

— Você tem uma irmã mais velha?

— Uhum. Ela tá no ensino médio e é superalta.

Antes, vivia sendo deixado sozinho. Agora, era ele quem acenava primeiro e se despedia. Aos olhos de uma criança de nove anos, uma estudante do ensino médio — ainda por cima tão alta — era praticamente um adulto. Sempre que ele falava da irmã, seu peito se inflava sem nem perceber.

Jihwan ia para casa saltitando. *Será que a* nuná *vai me elogiar se eu vencer o chefão? Será que a gente vai ficar ainda mais próximo?* Mesmo caminhando sozinho, não se sentia só, pois levava alguém no coração. Regado pelo carinho da irmã, seu coração florescia sem amarras.

Mochi *de morango*
1500 wons cada

No caminho para casa, encontrou a confeitaria que sua irmã havia visitado. Ao ver, pela vitrine, os mesmos *mochi* que ela lhe dera, entrou na loja como se estivesse hipnotizado.

Branquinhos e macios, os doces pareciam exibir com orgulho sua forma redonda e apetitosa. Assim que recordou o sabor adocicado e grudento que experimentara naquele dia, sentiu a boca se enchendo d'água. Porém, mais do que o gosto do *mochi*, Jihwan queria reviver o momento em que ficou um palmo mais perto da irmã.

— Vim comprar *mochi* de morango.

— Quantos você quer?

— Hãã...

Tinha só uma nota de cinco mil wons no bolso. Já que estava ali, queria comprar para toda a família: a mãe, o pai, a irmã — e para si mesmo. Precisava de quatro *mochi* ao todo, mas o dinheiro não era suficiente.

Jihwan não era uma criança sociável o bastante para pedir um desconto de mil wons à dona da loja. Ficou encarando a nota por um tempo e, sem alternativa, pediu apenas três unidades.

— Pelo visto, vai dividir com seus pais, né?

— Hã... sim.

— Que bonitinho. Eles vão ficar orgulhosos. Aqui, leva com cuidado!

— Obrigado.

Jihwan não conseguia deixar de espiar o saquinho com os três *mochi*. Mesmo no elevador, ou enquanto digitava a senha da porta, os olhos continuavam fixos nele.

Assim que chegou, colocou os doces sobre a mesa da cozinha. Queria que ficassem bem apresentados, então os alinhou cuidadosamente. Por fora, pareciam bolinhas de pelo branco cobertas com pó de arroz, mas por dentro escondiam um recheio castanho-avermelhado e um morango vermelho vibrante. O sabor era tão marcante que Jihwan quase podia senti-lo na ponta da língua. Lambendo os beiços, estendeu a mão para um dos docinhos, com aquela textura macia e arredondada que parecia dizer: *come logo!*

Como gastou quatro mil e quinhentos wons, restavam quinhentos em seu bolso. Segurando a moeda, Jihwan foi até o calendário contar quantos dias faltavam até o próximo dia de mesada. Havia um grande círculo desenhado na data do dia seguinte. Seria a primeira viagem em família desde que passaram a viver juntos. *Enquanto a gente estiver se divertindo no vale, acho que sequer vou me lembrar dos* mochi. Com uma caneta permanente, escreveu um bilhetinho direto no plástico da embalagem.

Depois, jogou-se no sofá como se mergulhasse. De bruços, com o video game nas mãos, nem lembrava mais dos doces.

Só pensava na irmã. Ficou imerso no jogo até o entardecer, mas ainda assim não conseguiu derrotar o chefão.

— Preciso vencer pra ela ficar feliz...

Pensando em quem queria agradar, sentiu o corpo amolecer aos poucos. A concentração se esvaía junto com o sol. Assim que as pálpebras se fecharam, Jihwan se entregou ao sono, sem resistir. De bruços, do jeitinho que estava, deixou--se envolver pelo cobertor do crepúsculo e caiu em um sono profundo.

A embalagem dos três *mochi* — "para mamãe", "para papai" e "para *nuná*" — brilhava como estrelinhas que cintilam antes do cair da noite.

Desde cedo, Yeonju estava diante do espelho, escolhendo o que vestir. Como era a primeira viagem em família, com certeza tirariam muitas fotos, e ela queria garantir que ficaria registrada da melhor forma possível. Mas como era fim de semana, dormiu demais e teve que escolher a roupa às pressas.

Enquanto o resto da família terminava de se arrumar para sair, Jihwan ainda estava no mundo dos sonhos. A mãe tentou acordá-lo, sacudindo seu corpo, porém, mesmo tendo dormido cedo na noite anterior, continuava preso a um sonho sem fim.

— Anda, levanta logo!

Impaciente, Yeonju puxou o cobertor de uma vez, forçando Jihwan a se sentar. Só então o menino abriu os olhos, com dificuldade. Já era meio-dia quando ele, ainda de pijama e meio adormecido, cumprimentou a irmã num murmúrio sonolento.

Yeonju não queria que se atrasassem para a viagem em família, então separou rapidamente as roupas de sair de Jihwan para que ele se trocasse. Mesmo na pressa, ainda teve o cuidado de pegar o boné favorito do irmão — um gesto que, no fim das contas, era atencioso para uma garota do ensino médio em plena adolescência.

— *Nuná*, e o video game...?

— Você dorme até tarde e a primeira coisa que faz é procurar o video game?

— Me dá, vai...

Não importava o quanto Yeonju estivesse com pressa — assim que abriu os olhos, Jihwan foi direto atrás do video game. Mas o aparelho, que ficou no sofá onde ele havia adormecido na noite anterior, já estava nas mãos da mãe.

Ela advertiu Yeonju para que não emprestasse mais o console ao irmão. Estava preocupada com o menino indo dormir tarde toda noite por causa dos jogos.

— A partir de agora, não vou mais deixar você jogar.

Jihwan, ainda esfregando os olhos sonolentos, arregalou-os de surpresa. Num instante, todo o sono pareceu abandonar seu corpo.

— Por quê?

— Porque você só vive grudado no video game e acaba dormindo até tarde!

— Não! Eu ainda não derrotei o chefão!

— Esquece. Você nunca vai conseguir derrotar, então é melhor desistir.

— Só mais uma partida! Dessa vez eu consigo, juro!

— Já falei que não.

A pedido da mãe, Yeonju deu uma bronca em Jihwan. Por um instante, ele sentiu que a irmã era um adulto ainda mais assustador do que seus pais. Com medo, não teve coragem de retrucar, mas ficou com uma sensação esquisita no peito.

Eu só queria vencer o chefão pra ela... Por que ela tá brava comigo?

Jihwan só insistia tanto no jogo porque queria derrotar o chefão para agradar Yeonju. Mesmo sabendo disso, lá estava ela, berrando e apontando o dedo no seu nariz — e aquilo lhe pareceu muito injusto. Ainda por cima, não era nem a mãe nem o pai, mas a irmã quem dava a bronca, o que não fazia o menor sentido. Ela podia ser sete anos mais velha, mas não era sua mãe. E agora, do nada, vinha bancar a adulta? Que coisa mais baixa!

E eu ainda comprei um mochi *de morango pra ela...*

Ao lembrar que abriu mão até da própria parte para trazer o doce, Jihwan ficou ainda mais emburrado. Se soubesse que seria assim, teria comido o *mochi* da irmã sem pensar duas vezes. Quase deixou escapar palavras malcriadas. Ao ver a expressão azeda do irmão, Yeonju ficou ainda mais irritada — parecia que aquele pirralho estava tentando enfrentá-la. Foi ele quem dormiu até tarde. Foi ele quem ficou tão obcecado pelo jogo a ponto de deixar a mãe preocupada.

A garota pôs as mãos na cintura e disparou num tom cortante:

— Que cara é essa? Vai ficar aí todo emburrado só porque levou uma bronca um pouco mais firme?

Jihwan também não gostou nem um pouco do comportamento da irmã.

— Por que tá agindo assim comigo?

— Você sabe que a viagem é hoje e mesmo assim dormiu até tarde!

— E o que isso tem a ver com o video game?!

— O video game é meu. Eu só te emprestei, não te dei de presente!

— Você tá sendo injusta!

— E você é uma criança má!

Para o pequeno Jihwan, ouvir "você é uma criança má" foi quase como uma agressão verbal. Seu coração chorava como se tivesse levado uma surra de palavras. E ele, que até o dia anterior estava tão feliz por ter se aproximado da irmã, no momento se sentia pequeno e tolo.

Enquanto isso, Yeonju não conseguia entender a atitude do menino. Pensou "Ah, quero nem saber!" e saiu dali o mais rápido que pôde. Logo depois, a mãe entrou e ajudou Jihwan a terminar de se vestir. E, assim, os irmãos embarcaram na viagem em família sob um clima glacial.

Se Jihwan tivesse acordado mais cedo, nada disso teria acontecido. Yeonju culpava o irmão por toda a situação. Já ele, por sua vez, se sentia magoado com a garota, que vinha lhe dando bronca desde o meio-dia.

Os pais, sentados no banco da frente, espiavam as crianças pelo espelho retrovisor.

— Se continuarem assim quando a gente chegar lá, a mamãe disse que vai dar uma boa lição nos dois.

O pai molhou os lábios com um gole d'água e soltou um risinho. Os irmãos protestaram imediatamente.

— Mas foi ele quem começou!

— A *nuná* disse que eu sou mau!

Yeonju, de braços cruzados, e Jihwan, com os punhos cerrados, trocavam olhares fulminantes. Ambos sabiam muito bem que tinham sua parcela de culpa, mas admitir isso não era nada fácil. Nove e dezesseis anos: jovens demais para se esperar deles qualquer traço de maturidade.

O velho Hyundai Sonata seguia girando suas rodas estrada afora.

— Ei, Park Jihwan! — chamou Yeonju, virando o tronco na direção do irmão emburrado.

Mas o menino, ainda zangado com o "você é uma criança má", fez questão de se afastar dela, arrastando o traseiro um dedo a mais para o lado. Ficou praticamente grudado na porta do carro.

— O que deu nele agora?

Yeonju sentia a frustração apertar o peito, crescendo a cada segundo. Passou os olhos rapidamente por Jihwan, mas não disse mais nada.

Cerca de trinta minutos depois, o carro entrou na rodovia. À medida que a região mudava, o céu também parecia assumir outra cor. Enquanto os pais conferiam no celular a previsão do tempo no destino, as primeiras gotas de chuva começaram a cair. Os limpadores do para-brisa passaram a trabalhar freneticamente, varrendo a água para os cantos do vidro.

Ao observar o céu além da janela escurecendo num tom acinzentado, Yeonju enfiou as mãos no fundo dos bolsos da jaqueta. Sentiu algo tocar a ponta dos dedos. Era o *mochi* de morango que Jihwan havia deixado sobre a mesa.

Ela fechou os olhos por um instante e permitiu que as lembranças dos dias passados invadissem sua mente.

Yeonju sempre achou difícil lidar com meninos.

Depois que seus pais se divorciaram cedo demais, por "diferenças de personalidade", ela passou a viver só com a mãe até entrar no ensino médio. Nunca se interessou por garotos — e, mesmo que tivesse, era por figuras distantes, como atores de novelas ou *idols* da TV. Nessa época, Yeonju também era exposta a programas que, sem nenhum filtro, mostravam crianças problemáticas tocando o terror em casa — os famosos "casos perdidos" que tiram o sono dos pais.

Meninos são todos iguais. Não escutam ninguém. Pra que colocar um desses no mundo?

Tantas cenas de pais se acabando de chorar em frente às câmeras por causa de filhos rebeldes se acumularam em sua mente que ela parou de achar graça nos garotinhos correndo e brincando no parquinho. Pareciam mimados, egoístas, e ela não suportava a ideia de tratá-los como iguais.

Por isso, a notícia de que teria um irmão mais novo, fruto do novo casamento da mãe, caiu como uma bomba.

— Não quero! Ele vai transformar nossa casa num caos!

— Ele é sete anos mais novo que você. Não pense assim dele.

— Mesmo assim, não quero. Se ele aprontar, dou uma surra na hora.

— Já falei pra você parar com esse tipo de coisa!

O casamento da mãe não era algo que Yeonju pudesse impedir. Pelo menos, o homem escolhido parecia ser uma boa pessoa. No fim, não teve opção a não ser aceitar aquele irmão sem laços de sangue. Ainda assim, fez uma promessa a si mesma: se ele ousasse fazer qualquer coisa errada, ela o castigaria sem dó nem piedade — não deixaria que virasse um daqueles monstrinhos egoístas da TV.

Foi com essa atitude impositiva que ela recebeu Jihwan.

— Você é o Jihwan?

— Muito prazer, *nuná*...

No entanto, quando chegou o momento de conhecê-lo pessoalmente, percebeu que Jihwan era diferente das crianças que via na televisão. Ele juntou as mãozinhas na frente do abdômen e fez uma reverência educada. Yeonju era alta para a idade, com mãos e pés grandes — talvez por isso o menino tenha ficado acuado logo de cara, sem nem saber como disfarçar. Ela só pensava em "dar uma lição" num irmão desobediente. Nunca passou pela cabeça dela que talvez precisasse tratar com carinho uma criança tímida e quieta.

Sempre que se sentava ao seu lado, Jihwan ficava completamente tenso — como um filhote recém-adotado, ainda desconfiado no novo lar.

— *Nuná*, em que escola você estuda?

— Eu? No Colégio Feminino Semyeong.

— Ensino médio...? Uau...

— Acha isso legal?

— Sim...

Jihwan, embora ainda não tivesse baixado a guarda, queria se aproximar de Yeonju — e, por mais que tentasse esconder, acabava sempre se entregando. Antes de se tornarem uma família oficialmente, nas refeições conjuntas, ele sempre lhe passava o guardanapo ou os talheres. Por meio de pequenos gestos como esses, Yeonju percebeu que o menino não carregava qualquer sentimento hostil em relação a ela.

Parece que julguei antes da hora... O mundo não é só o que aparece na TV.

Depois disso, Yeonju decidiu mudar seu olhar. Abriu a porta que antes mantinha trancada e, já que era para ser, ao menos tentaria ser uma boa irmã para Jihwan. No fundo, queria viver algo parecido com o que via entre suas amigas e os irmãos delas: cheio de brigas, mas também de apoio mútuo. Mas, talvez por terem começado com o pé esquerdo, se aproximar dele não era tão fácil quanto imaginava.

Era por isso que, mesmo sendo sete anos mais velha, Yeonju não conseguia demonstrar afeto com naturalidade.

Pouco antes de sair de casa, Yeonju parou diante da mesa da cozinha, ainda imersa nas lembranças. Estava prestes a tomar um copo d'água quando viu um *mochi* de morango com "para *nuná*" escrito na embalagem. Descobrir aquilo só depois de ter descontado toda a sua raiva em Jihwan por ele acordar tarde parecia um golpe baixo do destino.

Se eu soubesse disso antes, não teria brigado com ele...

Mesmo assim, apesar do *mochi*, aquele jeito dele de retrucar com tanta teimosia ainda era difícil de engolir. O irmão conseguia ser fofo e, ao mesmo tempo, irritante.

Ao fim de sua reminiscência, Yeonju abriu os olhos devagar e viu Jihwan, adormecido ao seu lado. *Como se já não tivesse dormido até tarde...* Ali, respirando tranquilo, de boca fechada, era só uma criança. O menino, de boné amarelo, tinha as bochechas lisinhas e macias como o *mochi* que ela carregava no bolso.

Talvez eu devesse só ter deixado ele jogar...

Embalada pelo movimento suave do carro, os olhos dela também começaram a se fechar. Cruzou os braços e ajeitou a postura para tirar um cochilo. A conversa dos pais, como um ruído de fundo vindo do banco da frente, roçava seus ouvidos enquanto ela oscilava entre o sono e a vigília.

— Que chuvarada é essa, do nada?

— Quantos guarda-chuvas tem no porta-malas mesmo?

— Três.

Aquele barulho abafado e crescente... era da chuva? Yeonju não tentou encontrar uma resposta para a pergunta que lhe veio à mente. Aquela sonolência entre estar acordada e adormecer não era nada ruim. As vozes dos pais iam sumindo, vagando ao longe.

— Esse caminhão aí do lado... não tá estranho?

— Melhor a gente ultrapassar.

Às vezes, nós nos deparamos com momentos proféticos. Eles não vêm em uma linguagem clara, mas em pequenos acontecimentos que, ao serem vivenciados, se tornam pontos de inflexão capazes de mudar o futuro. Como quando Yeonju percebeu que o cinto de Jihwan não estava preso, mas, irritada com a cara feia dele, decidiu deixar para lá. Se ao menos ela tivesse insistido... se não tivesse apenas assistido calada...

— Tá ouvindo esse rangido? Parece que vem do encaixe da carroceria...

— Uh... O que tá acontecendo ali?

Foi então que, na pista molhada, um caminhão conduzido por um motorista sonolento derrapou de repente e atingiu o carro da família. Sem tempo para frear, o Sonata girou desgovernado até o para-choque colidir com força com a grade de proteção. Veículos que vinham atrás bateram um após o outro na traseira, arremessando o carro amassado para longe. Uma fumaça esbranquiçada subiu, vagando pelo céu cinzento.

Yeonju não sabia ao certo se ainda estava sonolenta ou se sua consciência se apagava contra a própria vontade. A única certeza era de que o líquido quente e vermelho escorrendo por seu rosto não era suor.

Com dificuldade, estendeu a mão trêmula e tocou o ombro do irmão. Jihwan, com a cabeça tombada, não se mexia. *Devia ter colocado o cinto nele...* O arrependimento veio como uma onda e a engoliu por completo.

Num instante, desvinculei-me da vida da criança. Soltei devagar as mãos que ainda envolviam o console. Jihwan tinha o mesmo rostinho travesso de quando chegou na loja. A mágoa que sufoca o peito de quem parte é levada por Deus no momento da morte. Cabe aos vivos suportar a dor de ter o coração partido diante de uma história tão triste.

— Você pediu *mochi* de morango porque estava com saudade da sua irmã?

Abaixei-me para ficar na altura de Jihwan. Nos olhos escuros do menino, não havia lugar para falsidade.

— Não é bem saudade... É que ela provavelmente nem conseguiu comer o que eu tinha comprado aquele dia.

— Deve ter sido doloroso pra você.

— Não dói. Vou renascer como alguém ainda mais legal.

— E que tipo de pessoa você quer ser?

— O maior *pro player* do mundo! — Em sua pureza, Jihwan levantou o polegar, todo confiante. Senti uma admiração profunda por aquela alma de criança que, mesmo após a morte, mantinha-se inocente. — Quando eu nascer de novo, quero ser igual à *nuná*.

— E virar *pro player* também?

— Sim. Se eu tiver um irmão mais novo, vou brincar com ele todos os dias!

Sem pensar, tirei o boné amarelo da cabeça dele e, entre seus fios de cabelo, encontrei crostas de sangue. Era a primeira vez que eu via marcas da morte no corpo de um morto, e isso me abalou profundamente. Com cuidado, removi as crostas secas com um lenço umedecido e, em seguida, coloquei o boné de volta.

— Como brigamos no último dia, a *nuná* deve me odiar, né?

— Não tem como!

Jihwan me encarou com seus olhos brilhantes e curiosos. Sem a menor hesitação, acrescentei com firmeza:

— Porque vocês são família.

Ao dizer essas palavras, pensei na vovó. Embora não tenhamos sido próximas em vida, como Jihwan e Yeonju, não guardo nenhum ressentimento. Desde que comecei a trabalhar na Hwawoldang, sempre que posso, me pego revivendo, uma a uma, as memórias da minha avó. Se eu tivesse sido um pouco mais afetuosa, será que nossa relação teria sido diferente?

Preparei *mochi* de morango para Jihwan. Lavei os morangos doces e macios da primavera, removendo os cabinhos. Em seguida, limpei toda a umidade da superfície vermelha, secando cada canto — era preciso esse cuidado para que o recheio aderisse. Depois, envolvi inteiramente os morangos com a pasta de feijão-vermelho, tirada da geladeira, e enrolei tudo em forma de bolinha para o recheio. Para a massa do bolinho de arroz, misturei farinha de arroz glutinoso e água na proporção de um para um, acrescentando uma colher de sopa de açúcar. Após misturar bem e aquecer, a massa ganhava uma consistência espessa. Então, era só cobrir o recheio de morango com pasta de feijão e a massa branca de arroz e moldar — e aí estava pronto.

Com um ar travesso, Jihwan começou a pular. Toda vez que seus pés tocavam o chão, o piso da Hwawoldang rangia.

— Você acha que a Yeonju também gostava de mim?

— E você, Jihwan? Gostava da sua irmã?

— Sim! Na verdade, fiquei muito feliz de ganhar uma irmã. Queria tanto contar pros meus amigos que minha *nuná* era uma estudante do ensino médio — e tão legal que até me emprestava o video game! Queria ir ao parquinho com ela, comer muitos morangos só porque ela gosta... Tinha tanta, tanta coisa que eu queria fazer com ela!

— Então, é claro que sua irmã também gostava de você, Jihwan.

— Mas ela nunca me disse que gostava...

— O amor nem sempre precisa ser dito com palavras.

— Então, como a gente sabe?

Sem conseguir responder à última pergunta, rolei o *mochi* branco sobre o pó de arroz glutinoso. A farinha fina evita que o bolinho grude nos dedos e ainda adiciona uma textura mais firme à mordida. Finalmente, o *mochi* de morango que eu havia preparado para Jihwan estava pronto.

Como o doce, que combina ingredientes tão distintos e ainda assim se une com consistência para formar um só alimento, Jihwan e Yeonju também só queriam estar mais perto um do outro. Por mais que o destino cruel os tenha separado entre a vida e a morte, ainda restava o sentimento. Um sentimento como o *mochi*, que envolve o morango e a pasta de feijão, tornando-os um só.

— Prontinho!

Jihwan remexeu os quadris como um cachorrinho abanando o rabo. Entreguei um doce para ele e comecei a embalar os outros quatro separadamente.

— Espera um pouco — pediu o garoto e então tirou uma caneta e um pedaço de papel do bolso frontal da jardineira. — Quero escrever uma carta também!

— Para sua irmã?

— Sim! Pode entregar o resto dos *mochi* de morango junto com a minha carta? A *nuná* tem uma pintinha na bochecha direita.

Mais uma vez, um morto pedia um serviço de entrega à Hwawoldang. E, no fim, precisei admitir que não era capaz de recusar esse tipo de pedido.

— Se me disser o nome da escola dela, eu entrego.

Jihwan comeu o *mochi* inteiro ali mesmo e só depois terminou de escrever a carta. O bolinho de arroz, que inflava as bochechas da criança, parecia envolver até sua alma fria num abraço macio e redondo.

Antes de partir, o menino não deixou o console que ficara em casa no último dia, mas sim o boné que usava. Sorrindo daquele jeito sapeca, parecia certo que, se renascesse, voltaria como um garotinho outra vez. Abri a porta da Hwawoldang para me despedir, e ele saiu correndo com energia, em direção ao que viesse pela frente.

— Espera! Não vai levar seu video game...?

Quando, tarde demais, encontrei o aparelho em cima do banquinho e corri para fora com ele, Jihwan já havia desaparecido. O video game também se desfez em pó e dissipou no ar.

Apenas o brilho da lua preenchia o espaço vazio deixado pela criança.

Na manhã seguinte, bem cedo, entrei em contato com Sawol para explicar a situação. Combinamos de nos encontrar em frente à loja. Por sorte, o colégio de Yeonju ficava perto, então decidimos ir até lá na hora da entrada dos alunos.

— Que roupa é essa? Vai assustar a irmã do Jihwan!

Sawol apareceu vestindo um traje xamânico ainda mais espalhafatoso do que o *hanbok* moderno de sempre. Já era de se esperar que Yeonju ficasse assustada ao ser abordada por alguém desconhecido na rua, porém, daquele jeito, ela com certeza ficaria apavorada.

— Fazer o quê? De manhã, meus poderes divinos ficam mais fracos, então preciso compensar com a roupa.

— Vai fazer um ritual ou o quê?

— Não é bem isso.

— Desse jeito, ela vai sair correndo antes mesmo de a gente conseguir falar.

— Não se preocupe. Esta carta vai conduzir a irmã do morto até mim como se fosse o destino.

Pela expressão dele, não havia absolutamente nada de errado com o traje. As contas budistas em sua pulseira brilhavam ainda mais sob a luz do sol da manhã. Se Yeonju se assustasse por causa de Sawol, eu pelo menos manteria a calma e explicaria tudo direitinho.

— Vamos ver... A escola que você falou deve ser por aqui... Ah!

Sawol pisou no próprio cadarço desamarrado e tropeçou. Nesse instante, a carta de Jihwan escapou de suas mãos. Grandes veículos passaram em fila rente à calçada, provocando um vento que levou a carta adiante. O papel foi cair bem em cima do pé de uma garota: uma estudante alta de uniforme escolar e uma pinta na bochecha direita. Sem sombra de dúvidas, era Yeonju. Assim que a vi, uma brisa quente e amena passou por nós, como se fosse o sinal de alguém. Um arrepio subiu pelos meus braços.

Sawol também percebeu e se aproximou, a cauda das vestes esvoaçando atrás de si. Como esperado, Yeonju, assustada com o visual do xamã, foi dando passinhos para trás, bem devagar. Ele estendeu o braço, tentando impedir que a garota se afastasse demais, e esboçou um sorriso atrevidamente simpático.

— Eu deixei cair essa carta, mas você não precisa me devolver. É sua.

— Isto? Não é meu, não.

— Somos entregadores da confeitaria Hwawoldang... Ah, Yeonhwa!

Rapidamente, eu me coloquei entre os dois. A partir dali, era meu trabalho amarrar as pontas.

— Você é a Park Yeonju, não é? Alguém encomendou *mochi* de morango pra você.

— Quem?

— O nome de quem enviou está na carta.

Yeonju, com uma expressão confusa, abriu a carta. No mesmo instante, o sol da manhã brilhou mais forte, e a luz pousou suave e radiante sobre sua cabeça. Nenhum carro passava. Nenhum pedestre à vista. Era como se o mundo inteiro tivesse se deslocado para outra dimensão — só por ela.

Yeonju começou a ler a carta, linha por linha.

> Como vencer o chefão final:
>
> *Nuná*, o último chefão só pode ser derrotado se você pegar a chave de ouro na floresta secreta antes da fase dele. Mesmo depois de morrer, pesquisei isso todos os dias e finalmente descobri! Você tem que usar a chave, acabar com o chefe e ficar feliz, tá? Desculpa por não ter descoberto antes. E também por ter dormido demais no dia da viagem. Espero que não me odeie. Nunca tive coragem de dizer, mas eu fiquei muito feliz por ter ganhado uma irmã. Tão feliz que, mesmo quando meus amigos iam embora do parquinho, eu não me sentia sozinho. Só se lembre de mim de vez em quando, e viva com saúde com a mamãe e o papai, tá? Vou sentir muito a sua falta. Mas prometo que vou aguentar firme. Então, por favor, viva por muito, muito tempo.

Do céu, um vento impetuoso veio como um longo dragão em espiral e, num piscar de olhos, arrebatou a carta, levando-a para longe. O papel voava sozinho, ondulando pelo vento como se tivesse asas próprias. Sawol tentou agarrá-la, mas a carta partiu às pressas, tal qual os sentimentos de alguém que não podia mais ficar.

— Ah...

Yeonju levou as mãos aos ouvidos. Teria escutado a voz de alguém? Os cantos dos olhos da estudante alta, incapaz de pronunciar uma só palavra, estavam completamente vermelhos. Peguei um lenço e o coloquei na mão dela.

— Seu irmão pensou em você até o momento de deixar este mundo, Yeonju. É que a gente... consegue ver os mortos.

— Como isso é possível...? — As mãos de Yeonju estavam tremendo. Como havia escutado aquela voz que chegou como um destino, ela não duvidou de nós. — Eu não coloquei o cinto nele...

Por fim, uma enxurrada de lágrimas irrompeu dos olhos redondos da garota. Eu a abracei com força. A adolescente de uniforme escolar chorava na calçada como uma criança que se perdeu dos pais.

— Foi culpa minha... Por minha causa...

— Ele disse que queria sua felicidade, então não se martirize.

— Mas foi por minha culpa que ele...

Sawol colocou a mão sobre o ombro dela. A luz resplandecente do sol refletiu nas contas da pulseira, e um calor reconfortante fluiu de seu pulso.

— Seu irmão partiu para um mundo ainda mais divertido que o dos jogos.

Yeonju deixou-se envolver pelos braços de desconhecidos e chorou copiosamente. Eram lágrimas de culpa, arrependimento e uma saudade impossível de apaziguar. Essas emoções, sobrepostas como as camadas delicadas de uma massa folhada, só podiam receber um nome: amor. Mesmo sem jamais ter conseguido expressá-lo, ele já brotava no coração dela — era o sentimento verdadeiro que nutria pelo irmão mais novo.

Se os mortos já perdoaram, e tudo o que resta para os vivos é a saudade, então os arrependimentos do passado devem ser sacudidos e deixados para trás.

6

Yokan de castanha para um adeus

Era uma noite em que fiquei sozinha com a loja aberta. Até a meia-noite, nenhum morto apareceu. Com o queixo apoiado no balcão, olhei para o céu noturno além da porta de vidro, pensando que talvez naquele dia não houvesse ninguém para se despedir da própria vida.

Como seria bom se a sensação de monotonia também tivesse algo de prazeroso! A loja, tão silenciosa, logo se tornou entediante, então peguei o espanador, ao menos para fazer alguma coisa.

Não havia me dado conta, mas, ao olhar o calendário, vi que já fazia um bom tempo desde que tinha começado a tocar a confeitaria. Não foi a data marcada que me fez notar isso, mas a poeira acumulada sobre o papel.

Será que estou fazendo isso direito?

Ainda tinha muitas questões sobre a administração da Hwawoldang. Encontrar os mortos e ajudá-los a alcançar a iluminação era emocionante, mas será que eu fazia isso com real dedicação? Não conseguia simplesmente dizer que sim. Mais do que tudo, eu ainda não estava convencida de que era, de fato, a dona da confeitaria. Tinha muitas coisas sobre essa loja que ainda desconhecia. E, pensando bem, acho que sempre vivi assim. Sabia pouco sobre minha mãe e meu pai, e sempre que perguntava algo à vovó, ela nunca me respondia direito. E eu só deixava para lá. Mas por quê? Por que deixei o tempo passar daquele jeito?

Tomada por um desconforto difícil de explicar, comecei a sacudir com força o espanador sobre os objetos decorativos. Na escuridão da noite, as partículas de poeira, tocadas pela luz, flutuaram no ar como borboletas.

— Miaaau.

Ouvi o miado do gato preto que sempre visitava a Hwawoldang. Ele surgiu carregando um pequeno bilhete na boca.

— Foi um cliente que te deu isso?

— Miaaauuu.

Peguei o bilhete e o abri. Nele, estava anotado um pedido:

Yokan vermelho de castanha à la Hwawoldang. Passo para buscar daqui a três dias.

Era um pedido simples, mas o papel exalava um perfume antigo. O cheiro era denso, mas não desagradável. Havia uma energia misteriosa que parecia dançar na ponta do meu do nariz. O gato apenas entregou o papel e, em seguida, enfiou a cabeça na tigela de ração, devorando a comida com pressa.

Yokan vermelho de castanha... Era um produto exclusivo, vendido quando a vovó ainda estava viva — o prato assinatura da Hwawoldang. Porém, desde que a saúde dela começou a piorar, nunca mais foi produzido.

Era tão gostoso...

Às vezes, ela fazia para mim também. Lembro que gostava por causa do sabor peculiar. A doçura única do *yokan* combinada com um sutil aroma de floresta. Nunca tive coragem de pedir para ela fazer de novo, por mais que quisesse. Olhando para trás, mamãe e papai também adoravam esse doce.

Será que tem no livro de receitas?

No livro, encontrei receitas de *yokan* de *matcha* e *yokan* de castanha, mas o *vermelho* de castanha não estava lá. Fazer aquele doce sem a ajuda da receita era impossível. O *yokan* tradicional é feito com pasta de feijão-vermelho, mas, apesar do nome, essa pasta tem coloração quase preta, o que torna difícil alterar sua cor. Por mais claro que seja o corante, ao ser adicionado a uma base tão escura, o resultado é apenas uma cor opaca.

Para conseguir cores mais vibrantes, era preciso usar pasta de feijão-branco. A versão com *matcha*, por exemplo, usava essa, e sua coloração verde vinha do pó do chá. Porém, no rodapé da página da receita de *yokan*, havia uma anotação bem clara:

O yokan de castanha deve ser feito com pasta de feijão-vermelho.

Embora a diferença entre os ingredientes da pasta de feijão-vermelho e a de feijão-branco seja sutil, sem dúvida, a que melhor harmonizava com o *yokan* de castanha era a pasta vermelha.

Ao encomendar o *yokan* vermelho de castanha *à la* Hwawoldang, ficava subentendido que ele deveria ser feito com pasta de feijão-vermelho, resultando num doce de tom avermelhado. Só minha avó, que criou a receita, era capaz de fazer um doce assim — e ela nunca me ensinou como.

Realmente, havia tanta coisa que eu não sabia... Quem me dera se, toda vez que surgisse uma dúvida, tivesse alguém do meu lado para simplesmente me dar a resposta — sem eu precisar quebrar a cabeça.

Com uma pontinha de esperança, fiquei encarando o nome de Sawol na tela do celular. Apesar de ser tarde da noite, algo me dizia que ele ainda não estava dormindo. Era o único que podia me ajudar naquele momento. Mas fiquei insegura. Será que não era atrevimento demais perguntar?

— Miau!

Nesse instante, o gato se aproximou e saltou de repente, tocando meu dedo. No susto, acabei apertando o botão de chamar.

Em pânico, tentei pressionar o botão de encerrar, mas já estava chamando. Por mais que eu desligasse, a chamada perdida já ia aparecer: Que desculpa eu daria? *Meritíssimo, foi o gato que apertou o botão.* Mas não era nem desculpa — foi o que aconteceu de verdade!

— Alô?

Antes que eu pudesse terminar de me afobar, a ligação foi atendida. Agora, em vez de tentar me justificar, eu precisava fingir naturalidade. Desligar na cara dele no meio da noite, sem dizer uma palavra, seria ainda mais esquisito.

— O que foi, ligando a uma hora dessas?

— Estou na Hwawoldang agora.

— Tá... E?

Sawol estava, deliberadamente, escondendo de mim alguns fragmentos da verdade. O simples fato de ele saber onde estava o tal "o que encontrar lá" mencionado no testamento e não me contar já dizia tudo. Seu silêncio às vezes me sufocava. Ainda assim, quanto mais ele se calava, mais crescia em mim a vontade obstinada de arrancar dele as partes que escondia. E olha que eu nunca fui do tipo teimosa.

— Pra falar a verdade, foi o gato quem ligou.

— Você não tá falando enquanto dorme, tá?

Conseguia visualizar perfeitamente sua expressão incrédula. Pigarreei, passei os dedos pelas folhas do caderno de receitas e organizei mentalmente a pergunta antes de falar.

— Um morto fez uma encomenda para daqui a três dias, mas é um doce difícil de reproduzir... Aí pensei que talvez você soubesse.

— Que doce é?

— O *yokan* vermelho de castanha da Hwawoldang. Sabe como conseguir a cor avermelhada usando pasta de feijão-vermelho?

— Ah, o *yokan* que a sua avó criou. Vai ser bem difícil, viu?

Como eu suspeitava, Sawol sabia do que se tratava. Peguei uma caneta e me preparei para tomar nota.

— Tá tudo bem, é só me contar o método!

— Não sei o método. Só sei onde conseguir os ingredientes.

— E onde é isso?

Houve um breve silêncio. Nesse intervalo, dava para ouvir o tiquetaquear dos ponteiros do relógio e os passos suaves do gato deixando a Hwawoldang.

— Em Hongseoksa.

Diante da resposta inesperada, larguei a caneta e agarrei o celular com as duas mãos.

— Quem é que vai procurar ingredientes de *yokan* num templo budista?!

— Sua avó.

Com o telefone na mão, comecei a andar a esmo, deixando que meus pés me conduzissem, até me deparar com uma pilha de contas acumuladas na caixa de correio, ao lado da entrada. Conta de luz, de água e vários outros boletos estavam ali, batendo à porta em silêncio, sem que eu percebesse. Mesmo com a partida da proprietária, a loja que restou continuava gastando dinheiro para prolongar sua vida. Em cima do balcão, o boné que recebi ao ajudar o garotinho a seguir adiante ainda estava exatamente onde ele o deixara. Só então eu respondi:

— Bom... fazer o quê, né.

Fosse pela necessidade de dinheiro ou para descobrir como fazer o *yokan* vermelho de castanha, o destino era certo. Talvez não fosse eu quem estivesse indo ao templo, mas o templo que estivesse me chamando. Ao ouvir minha resposta, Sawol reagiu de imediato:

— Eu vou com você. Por acaso, também tenho algo para resolver lá.

— Tá bom. Então a gente se vê.

A ligação foi encerrada após essa breve conversa.

Mesmo com Sawol indo comigo, eu não pensava que as coisas seriam fáceis de solucionar. Era uma inquietação sem fundamento, mas, por alguma razão, só de pensar em voltar ao templo, meu peito se apertava. Com a sensação de ter recebido uma tarefa cujo propósito eu não compreendia, fechei a loja e, no silêncio da madrugada, fui embora sozinha.

Assim que cheguei em casa, tomei um banho e fui direto para a cama. Pela primeira vez desde a morte da vovó, tive um pesadelo. Ao som de uma buzina estrondosa, uma sombra disforme e ensanguentada me envolveu, repetindo um discurso sombrio: "O sonho não pertence a quem o sonha, mas a quem o conduz". Num sonho conduzido por mãos que não eram as minhas, por mais que tentasse, escapar era impossível.

Acordei com as costas encharcadas de suor, vítima de um mau agouro hediondo.

❀

Durante três dias, pratiquei fazer o *yokan* de castanha comum. Embora o sabor não chegasse aos pés do *yokan* vermelho de castanha, saiu melhor que a expectativa. Embalei o doce em caixinhas transparentes para presentear o monge de Hongseoksa e Sawol. Juntei também uma garrafinha de água mineral e um pacote de lenços de papel, e logo a pequena sacola estava cheia.

Pouco tempo depois, Sawol apareceu. Aquele dia, aparentemente, não era um que exigisse seus poderes divinos, já que vestia roupas casuais, bem comuns comparadas ao *hanbok* estilizado de costume. Entreguei a ele um dos *yokan* de castanha.

— Pra que isso?

— Tome com chá verde gelado em casa.

— Por que o formato estranho? É sobra dos seus testes?

— Tinha que ser um xamã.

— Então estou só ajudando a dar fim nas sobras, é isso?

— Se não quiser, me devolva. Eu como.

— Que nada. Vou comer com gratidão. Na verdade, gosto mais ainda por causa desse formato engraçado.

Sawol resmungou meio sem graça, como se não estivesse acostumado a receber presentes. Aquilo o fazia parecer um pouco infantil, mas não de um jeito irritante.

Ir a pé até Hongseoksa levaria um bom tempo, mas, de carro, a viagem era curta. Como nos encontramos já no meio da tarde, se demorássemos muito, logo escureceria. A corrida não passaria da tarifa mínima, então sugeri a Sawol que fôssemos de táxi.

— Acho melhor pegarmos um táxi daqui.

— Vamos a pé mesmo.

— Não acha que tá muito abafado? Se a gente for mais rápido, pode voltar mais rápido e...

— Não. Vamos a pé.

Sawol foi intransigente quanto a ir de táxi. Entrelaçando os dedos atrás da cabeça, estufou o peito e começou um discurso sobre como era preciso saber aproveitar a luz do sol da tarde. Apesar do tom de voz suave, era uma recusa clara a ir de carro.

— Você gosta mesmo de caminhar, hein, Sawol? Da outra vez também não quis pegar táxi.

— Caminhar é bom. Dá pra apreciar a paisagem.

— Aqui só tem asfalto.

— Se a gente andar mais um pouco, começa a aparecer verde.

— Tem outro motivo, não é?

Já tínhamos passado por várias curvas, mas o caminho ainda era longo. Como não vinha dormindo bem nos últimos dias por causa dos pesadelos, minha energia logo se esgotou.

— Sawol, vamos pegar um táxi, vai.

— Por quê? Falta pouco pra gente chegar.

— É que não tô me sentindo muito bem.

Quanto mais nos aproximávamos de Hongseoksa, mais meu corpo pesava — como se aquelas presenças perturbadoras dos meus sonhos estivessem penduradas nos meus ombros, balançando-se ali. Sawol não concordou; mesmo assim, chamei um táxi pelo aplicativo. Por mais que gostasse de caminhar, pensei que, com o táxi parado bem na nossa frente, ele acabaria entrando comigo.

— Então vai você de táxi, Yeonhwa. Eu vou andando.

— Você quer que eu vá sozinha?

— Sim, qual o problema? Não precisamos ir juntos.

— Por que essa birra com o táxi, afinal?

— E ônibus, que tal?

— Aqui nem passa ônibus.

— Então vai você.

Sawol se manteve firme em sua decisão. Não importava se eu pedisse um táxi ou não, ele seguiria a pé. Logo avistei o carro surgindo no fim da rua, vindo em nossa direção. Desde a outra vez, eu já sentia que Sawol definitivamente tinha alguma história com táxis. Caso contrário, não havia motivo para se recusar desse jeito. Mas ele não deu nenhuma explicação. Apesar de deixar no ar uma suspeita, não dizia uma palavra — o que me deixava frustrada.

— Por que você não explica de uma vez? Isso também foi coisa que a minha avó mandou?

— Não.

Ele continuava recusando sem dar um motivo claro, e isso começou a me deixar chateada. Eu poderia simplesmente aceitar que Sawol não queria pegar um táxi e deixar por isso mesmo, mas não conseguia. Será que ele só não queria ir comigo? Será que, no fundo, estava achando um saco ter que me acompanhar? Mas a ideia de irmos juntos foi dele! Pensamentos confusos se atropelavam na minha cabeça, e, num instante, meu coração encolheu até ficar do tamanho de um pires.

Às vezes, as pessoas deixam de dizer o que precisa ser dito, mesmo sabendo que isso pode magoar o outro. Vovó, Sawol... Por que sempre me diziam só o resultado, sem nunca explicar o processo? Se contar o processo era assim tão desconfortável, não poderiam, ao menos, me explicar esse desconforto direito?

Tomada por essa avalanche de pensamentos e mais sensível do que o normal, agarrei o braço de Sawol assim que o táxi chegou, sem pensar duas vezes.

— Anda, entra.

— Não! É que eu não gosto muito de táxi...

— Se você não consegue sequer me explicar o porquê, não espere que eu me force a continuar respeitando isso. Cansei de viver só de suposições.

Possuída por um espírito teimoso e obstinado, abri a porta de trás e empurrei Sawol para dentro do carro. Pego de surpresa, ele entrou todo desajeitado, mas antes que pudesse reagir, entrei também e fechei a porta atrás de mim. O táxi partiu imediatamente.

O trajeto não levava nem cinco minutos de carro. Sawol, talvez emburrado, virou o rosto para a janela, evitando me encarar. Sentada, com o ar-condicionado refrescando meu corpo... Ir de táxi era tão confortável, tão agradável! A essa altura, Sawol já devia ter mudado de ideia...

— Sawol?

Tinha algo de estranho na respiração dele. Os ombros subiam e desciam enquanto ele resfolegava. Quando o vi enxugar a testa com o braço mais de uma vez, percebi que estava suando frio.

— Você tá bem?

Sawol não respondeu. Logo, com uma expressão distante, como se estivesse prestes a perder a consciência, ele se curvou sobre si e enterrou a testa entre os joelhos. Parecia estar muito pior do que eu antes de entrar no táxi. A maneira como ele agarrava o peito e batia com força, várias vezes, lembrava um paciente prestes a morrer numa sala de emergência.

— Motorista, pare! Vamos descer aqui! — pedi, em pânico.

Assim que desceu, Sawol praticamente desabou no chão e começou a hiperventilar.

— O que você tem? Tá se sentindo bem? Vou ligar pra emergência agora...

— Espera... só um pouco.

Mesmo passando mal, ele se manteve tranquilo, como se já estivesse acostumado com aquilo. De repente pegou o *yokan* que lhe dei e comeu — não parecia ser por fome. Suando frio daquele jeito, ele estava ali, sentado no chão, mordiscando um doce?! Eu não conseguia entender, mas, preocupada, apenas limpei o suor de sua testa com um lenço de papel.

— Desculpa por ter te colocado nessa situação, Sawol...

O rosto dele estava endurecido numa expressão que eu nunca tinha visto. Parecia estar se segurando — com muito esforço — para não explodir de raiva. Ao mesmo tempo que estava preocupada com ele, me sentia culpada por ter tomado aquela atitude impulsiva que causou todo esse transtorno.

Depois de comer o *yokan*, Sawol soltou um suspiro de alívio, como se tivesse, enfim, recuperado a calma. O suor acumulado na testa já havia secado. Passou os dedos pelos cabelos soltos, jogando-os para trás, e sua expressão voltou ao normal.

— De agora em diante, nada de táxis. Entendido?

Ele não descontou a raiva em mim, mesmo eu o tendo colocado em apuros. Mas isso não significava que não estivesse bravo — apenas estava se controlando. Com um aceno de cabeça decidido e o mindinho timidamente estendido, prometi que nunca mais o forçaria a pegar um táxi.

— Mas por que você comeu o *yokan*?

— Porque foi feito com os ingredientes que eu te dei.

— E o que isso tem a ver?

— Você lembra o que eu disse sobre os ingredientes que forneço serem especiais? Eu infundo neles poder divino para ajudar os mortos a alcançar a iluminação. Por isso, quando minha energia espiritual está baixa, eles também me ajudam a me recuperar.

— Andar de táxi faz você perder energia espiritual?

Sawol ergueu a cabeça e apontou para a frente com o queixo.

— Chegamos. Hongseoksa.

Mais uma vez, ele adiou a resposta.

Avistamos o monge diante da estátua do Buda. No centro do templo, ainda imerso no silêncio e sem visitantes, ao sentir nossa presença, ele fez uma saudação.

— Monge, o senhor se lembra de mim? — perguntei, estendendo a sacola que havia preparado. — O *yokan* é de presente.

Seu sorriso sereno, que lembrava o próprio Buda, estava em harmonia com a atmosfera de Hongseoksa.

O monge examinou o pertence do garotinho e, como da outra vez, estendeu um envelope contendo o pagamento. Enquanto isso, Sawol trocou apenas um breve aceno de cabeça com o monge, sem dizer nada. Não parecia haver estranhamento entre eles, e sim uma familiaridade tão natural que dispensava qualquer conversa supérflua.

Sawol pegou uma almofada e se ajoelhou diante da estátua, inclinando-se em um gesto de reverência. Enquanto eu o observava fixamente, o monge se aproximou e disse em voz baixa, para que Sawol não nos ouvisse:

— Hoje é um dia da graça, por isso ele está prestando reverência.

— Dia da graça?

— É um dia para honrar as graças recebidas. Para Sawol, é uma data tão importante quanto o próprio aniversário.

A explicação foi concisa. Que graça era aquela, exatamente? Que outro dia, além do aniversário, poderia ser tão importante para alguém? Mais uma vez, deixei de fazer as perguntas que poderia e talvez devesse fazer. E, assim, fiquei com mais um espaço em branco, sem resposta. Sawol, concentrado em suas reverências, exalava uma aura solene, diferente do habitual. Aquilo me fez lembrar, mais uma vez, que ele era um xamã.

— Você veio com Sawol só para entregar esse item?

O tom dele sugeria que eu não deveria perder tempo, fazendo-me lembrar a razão da minha visita.

— Não. Na verdade, tenho algo para perguntar. Por acaso o senhor sabe quais são os ingredientes do *yokan* vermelho de castanha?

— O gato lhe deu o bilhete, não foi?

— Como sabe disso?

O monge vasculhou a cesta de armazenamento no salão principal.

— Você vai precisar do pó da Rocha Vermelha da colina atrás do templo. É um dos ingredientes do *yokan* vermelho de castanha feito na Hwawoldang. Coletá-lo sozinha pode ser perigoso, então leve Sawol com você.

— Pó de pedra... na comida?!

— O livro de receitas deixado por sua avó deve conter as instruções sobre como limpar corretamente.

Como se estivesse me atribuindo uma missão secreta, ele me entregou as ferramentas para extrair o pó da pedra. Desta vez, eu mesma teria que obter o ingrediente direto da natureza e processá-lo para torná-lo comestível. Pó de pedra no *yokan*... Nunca tinha ouvido falar de uma combinação dessas! Porém, sabendo que o monge não brincaria com algo assim, apenas assenti com a cabeça.

— Onde exatamente fica essa Rocha Vermelha?

O manto esvoaçava suavemente enquanto o homem se afastava, já prestes a se retirar.

— Monge? O senhor não me explicou direito a localização!

Continuei no encalço dele, com passinhos apressados, insistindo na pergunta, mas ele sequer olhou para trás. Apenas deixou algumas palavras:

— Esperar pela resposta também faz parte do processo de encontrá-la.

Sawol, no lugar do monge, me guiou até a colina atrás do templo. Como o sol já começava a se pôr e seria perigoso ir sozinha, ele disse que ficaria comigo até a descida.

— Ouvi dizer que hoje é um dia especial para você, Sawol. Que dia é esse?

— Não precisa saber.

Mais uma vez, ele evitou minha pergunta com uma resposta seca, o que me fazia sentir que havia certa distância entre nós. Como sempre, Sawol mostrava-se uma pessoa difícil de se aproximar. Já fazia um bom tempo desde nosso primeiro encontro na Hwawoldang, mas ele só exibia seu lado sarcástico e descontraído, sem nunca se abrir comigo sobre coisas realmente importantes.

— Você sempre fala da Hwawoldang e da vovó, mas sobre si mesmo não fala quase nada. Parece que tem muitos segredos, hein, Sawol?

Soltei meu descontentamento de leve, mas ele apenas sorriu com o canto dos lábios e não disse nada.

Aquela reação só aumentou minha frustração. Normalmente, quando alguém diz "você tem muitos segredos", a pessoa responde com um "ah, que nada", nem que seja por educação, não é? Ou pelo menos sente o desapontamento nesse tipo de comentário e compartilha algum detalhezinho, só para matar a curiosidade. O silêncio de Sawol era difícil de engolir.

A trilha pela colina dos fundos era íngreme e acidentada. Caminhando sob aquele climão, avistei, por entre as frestas das copas densas das árvores, um céu que aos poucos perdia a luz do sol. Nosso destino era um penhasco isolado, praticamente intocado pela presença humana, sem sequer um caminho aberto até lá.

— Lindo, não é?

Logo à frente, além do penhasco, um pôr do sol vasto como o mar ondulava no horizonte aberto. Com as mãos na cintura e um ar de satisfação, Sawol contemplava a paisagem panorâmica, dizendo que fazia questão de admirar aquela vista sempre que vinha a Hongseoksa. No entanto, a Rocha Vermelha de que o monge falou não estava em lugar algum.

— Tenta achar.

Seguindo as palavras de Sawol, preparei as ferramentas e examinei as rochas sob as árvores, mas todas tinham tons comuns de cinza ou amarelo. Achando graça do meu passo em falso, ele soltou risadinhas e apontou com o dedo para a beirada do penhasco.

— É só um penhasco!

— Olha bem.

Tudo o que via diante dos meus olhos era o platô, tingido pelo pôr do sol. Flores silvestres e gramíneas sem nome cresciam exuberantes à beira do abismo, estendendo-se sob o véu gracioso de um crepúsculo carmesim. O penhasco, que à luz do dia teria brilhado em verde, agora se vestia de vermelho. Ao baixar os olhos, vi o chão de terra entre a vegetação. Cisquei com a ponta do sapato e logo a superfície rochosa apareceu.

Só então compreendi o que o monge quis dizer e bati palmas, como quem acaba de ter uma revelação.

— A Rocha Vermelha... é o próprio penhasco sob o pôr do sol!

Sawol me lançou um joinha.

— Isso mesmo. Dizem que, há muito tempo, quando o deus da Rocha vivia por aqui, um incêndio tomou conta do penhasco. Um cego bondoso apagou o fogo, e a divindade, em agradecimento, concedeu um poder misterioso tanto a ele quanto a toda essa formação rochosa. Por isso, o rochedo daqui é feito de uma substância diferente das pedras comuns. — Sawol pegou os instrumentos da minha mão enquanto explicava. — Deixa que eu tiro o pó de pedra pra você.

— O quê? Mas essa tarefa é minha.

— É um trabalho feito no penhasco. É perigoso.

— Mas isso...

Ele ignorou completamente o que eu dizia, foi até a beira do abismo e começou a raspar o solo. Com metade do rosto banhado pela luz do entardecer, mantinha a serenidade mesmo envolto nos tons quentes do vermelho. Em outras circunstâncias, eu teria agradecido. Mas, dessa vez, estranhamente, nem me senti grata. Tive a sensação de estar sendo arrastada pelas palavras e ações dele, sem ter escolha.

— Quem tem que fazer o *yokan* sou eu, então eu mesma cuido disso.

— Mas é perigoso.

— Não acho que você precisa me ajudar.

— Para de ser teimosa. Esse tipo de coisa...

Era óbvio que ele só queria cuidar de mim... mas por que, então, isso me sufocava tanto? Num impulso, arranquei a pazinha de sua mão.

— Eu vou fazer. É *minha* responsabilidade.

— Por que você tá brava? Só tô tentando ajudar, já que é perigoso...

— Até extrair esse pó de pedra é segredo agora? É mais uma das coisas que eu não tenho o direito de saber?

— Não, é só que o vento aqui é muito forte!

Eu não queria mais ficar presa à curiosidade pelas coisas que ele se recusava a explicar. Afastei Sawol com uma cotovelada, para longe da beirada, e me agachei ali mesmo, começando a raspar a rocha. Nunca tinha sido tão cabeça-dura na vida. Mas, por algum motivo, tudo o que Sawol dizia ou fazia naquele dia continuava mexendo com o meu temperamento. Por causa disso, já nem me reconhecia mais. Também parecendo irritado, ele elevou a voz, perguntando por que eu estava tão incomodada com alguém que só queria ajudar.

Pois é. Era uma situação em que eu deveria agradecer, então por que estava agindo de forma tão estúpida? Mesmo as palavras que saíram da minha boca soaram duras, um tanto fora do lugar:

— Não tenho o direito de fazer as coisas do meu jeito?

Nesse instante, um vento noturno repentino fustigou o penhasco, trazendo um cheiro semelhante ao do interior da Hwawoldang. A corrente de ar, que invadia meus olhos e meu nariz, me desequilibrou num único sopro. Cambaleei, o corpo balançando para fora do penhasco. Vi nitidamente o chão muito abaixo e, ao perceber a altura vertiginosa, meu coração disparou. Apavorada, agitei os braços no ar, tentando desesperadamente não cair.

— Eu avisei que era perigoso!

Sawol agarrou depressa meu braço e me puxou para o lado seguro do penhasco. Meu coração batia descontrolado, prestes a sair pela boca.

— E se você tivesse caído por causa dessa sua teimosia? — repreendeu, furioso. — Deixa a extração do pó comigo! Fica longe daqui!

— Para de tentar mandar em mim e resolver tudo do seu jeito! Eu não pedi sua ajuda.

— Tá falando sério? Você quase caiu agora há pouco!

— Já disse que chega.

— Você tá estranha hoje. Por que tá sendo tão do contra?

— Do contra? — Meu coração batia ainda mais forte, só que, dessa vez, não era por medo da queda. A luz avermelhada do pôr do sol pintava o rosto de Sawol, como se ele fosse uma chama viva. Já eu, à sua frente, permanecia à sombra das árvores, mergulhada na escuridão. — Tô assim porque tudo sempre é do seu jeito, Sawol. E você nunca me conta nada!

— Você deveria saber, sem que eu precisasse explicar, que trabalhar na beira de um penhasco é perigoso.

— Não tô falando só disso!

Eu simplesmente não tenho essa chama que Sawol tem. Esse calor que capta a atenção, aproxima as pessoas, desperta curiosidade. Talvez seja por isso que ele nunca dá um passo a mais na minha direção nem se preocupa em explicar nada. Só escolhe o que quer dizer e pronto.

E, assim, eu permanecia sozinha, cercada por dúvidas, suposições e tudo aquilo que ainda não sabia. Sem realmente compreender o mundo e as pessoas ao meu redor, seguia dependendo da ajuda dos outros. E viver assim... era humilhante.

A verdade é que eu já não aguentava mais havia muito tempo.

— Eu não gosto dessa diferença entre a gente.

— Ué, mas isso é natural. Conheço a Hwawoldang há muito tempo. Desde que eu era criança a sua avó...

— Minha avó é minha avó, e eu sou eu! — Estava cansada de ser assim. Sempre vivi como os outros achavam que eu devia viver, seguindo instruções, sem nunca questionar. Não conquistei nem descobri nada por contra própria. Mágoas antigas, acumuladas em silêncio, finalmente explodiram diante da atitude de Sawol, que se recusava a levar minhas perguntas a sério. — Eu quero saber por que você não anda de táxi. Quero saber qual era sua relação com a vovó e como vocês se conheceram. Qual é a sua conexão com Hongseoksa? Me explica as coisas que eu não sei! Tenho o direito de ouvir respostas de verdade!

Diante da minha fúria repentina, Sawol ficou sem palavras. Enquanto isso, o sol já havia se escondido sob a terra, deixando só o topo de sua coroa à mostra. Entre nós, instaurou-se o mais longo dos silêncios. Só depois que o vento se acalmou foi que ele, enfim, abriu a boca:

— Então prometa. Prometa que, mesmo depois que eu contar tudo, você não vai me odiar.

Ele pegou o pequeno guizo que sempre carregava consigo. O brilho misterioso do anoitecer envolvia sua superfície reluzente. Eu sentia uma energia semelhante a quando os mortos me entregavam seus pertences na Hwawoldang. Sem hesitar, me aproximei e coloquei a mão sobre o guizo.

Sawol foi meu segundo nome.

Hongseoksa era um templo pouco visitado — ninguém aparecia ali por acaso. Em geral, havia dois tipos de pessoas que o procuravam. O primeiro tipo era composto por quem vinha buscar algo que desejava. Gente que orava por coisas consideradas essenciais à vida: riqueza, glória, saúde, felicidade. A maioria se encaixava nesse grupo.

O segundo tipo era o dos que vinham para se livrar daquilo que não queriam mais. Na tentativa de alcançar a própria felicidade, abandonavam no templo o que julgavam desnecessário. Fui deixado na entrada de Hongseoksa num dia claro de abril. Com certeza já tive outro nome — meu primeiro nome —, mas como ninguém sabia qual era, recebi ali o nome de Sawol.

— Owol *hyeong*, é verdade que aquela senhora vem hoje de novo?

— Aham. Ela falou que ia trazer *yokan*, lembra?

— Mal posso esperar para comer!

— Eu também.

Owol, que tinha sido deixado um ano antes de mim, e eu crescemos como irmãos. O templo, compadecido pelas crianças abandonadas, acolhia-as como monges noviços e cuidava delas até que pudessem viver por conta própria. Talvez tenha sido essa compaixão que acabou transformando Hongseoksa num depósito de responsabilidades que ninguém queria mais carregar.

A vida no templo era monótona, mas ter alguém por quem esperar tornava tudo mais suportável. Ela era dona de uma pequena confeitaria e, sempre que vinha receber o pagamento, distribuía doces para a gente. Cada visita trazia um sabor diferente. Nós a aguardávamos com a mesma expectativa de quem espera o Papai Noel — mesmo que ele nunca tenha posto os pés num templo.

— Sawol! Owol!

Assim que ouvimos sua voz ao longe, corremos e pulamos no colo dela como dois cachorrinhos. E a dona da confeitaria nos envolvia em um abraço caloroso, mesmo com as mãos cheias de sacolas. Empoleirados na entrada silenciosa do salão principal, desembrulhamos os *yokan* de castanha que ela havia nos trazido e começamos a nos deliciar.

— O monge não pode ficar sabendo disso, hein?

— Se eu não contar, você me dá mais um? — Owol sorriu com aquela cara de anjinho, e ela, sorrindo de volta com ternura, lhe deu mais um doce. Ele, sempre mais extrovertido do que eu, mastigava com a boca cheia, radiante. — Esse *yokan* tem uma cor e um gosto diferente dos outros. É o melhor de todos!

— É porque tem a energia especial da Rocha Vermelha. Eu raspei o solo do penhasco lá atrás para fazer.

Outro dia, ela comentou que tinha uma neta da nossa idade. Eu não a conhecia, mas conseguia imaginar o rosto da menina ao olhar para a mulher diante de nós. O mesmo sorriso carinhoso que nos oferecia enquanto devorávamos os doces... Pensar que aquela menina provavelmente recebia aquele sorriso todos os dias, como se fosse só dela, despertava em mim um anseio vago por algo distante.

— O *yokan* é tão gostoso assim?

— Sim! É uma delícia!

— Vocês não preferem bolo ou pão doce com chantilly?

— Não sei... A gente nunca comeu essas coisas.

Mas será que aquela menina também conhecia o olhar de pena que, às vezes, eu via escapar no rosto da mulher?

Mesmo quando nos fazia carinho, feliz com a nossa empolgação com aquele raro agrado, ela não conseguia esconder completamente a melancolia em seu olhar. Contou certa vez sobre uma amiga de infância, muito próxima, do interior. Essa amiga também adorava doces, e seu maior sonho era provar o tal bolo de chocolate da cidade. Chegou a colar no diário a foto de um bolo recortada de uma revista e ficava o tempo todo olhando para aquilo. Só que, infelizmente, a amiga morreu antes mesmo de completar vinte anos, vítima de uma doença endêmica do campo, sem jamais ter realizado seu desejo.

A mulher disse que, sempre que nos via, se lembrava dessa amiga. E, tentando descrever esse sentimento, usou a palavra "saudade".

Saudade. Como será a sensação de ter saudade? Eu, ainda criança, não poderia saber.

— Já que gostam tanto de *yokan*, que tal irem conhecer a minha loja?

Segurando-nos pela mão, ela foi até o monge e pediu permissão para nos levar à confeitaria. Ele hesitou — afinal, dois noviços serelepes dariam trabalho —, mas agradeceu a consideração. Graças a ela, deixamos o templo Hongseoksa pela primeira vez em muito tempo, rumo a um lugar desconhecido.

— Owol, o que mais você quer comer?

— Você poderia fazer aquele tal bolo pra gente?

— Claro! Pode comer até explodir!

— Que demais!

Andávamos de mãos dadas. Eu, do lado direito dela. Owol, do esquerdo. Não era alguém que víamos com frequência nem com quem falávamos muito. Mas era uma das poucas pessoas que parecia querer nos mostrar que o mundo podia ser maior do que aquele templo.

— E você, Sawol?

— Eu...

Na cabeça, surgiam imagens de doces ocidentais que eu só conhecia por ouvir falar. Diziam que chantilly era branco como neve, e tão leve que mal tocava a língua e já se desmanchava feito algodão-doce. E o marshmallow? Será que era mesmo fofinho como um pedaço de cobertor recém-saído do varal, macio e quente? Gotas de chocolate, baunilha, tiramissu... Eram tantos sabores que eu queria experimentar. Se pudesse, teria pedido todos.

No entanto, tendo amadurecido cedo demais, eu sabia que não tinha um único centavo para pagar por essas sobremesas. Desde que percebi que meus pais haviam me abandonado e que eu vivia às custas de Hongseoksa, passei a alimentar um sentimento de culpa em relação aos outros. Naquela idade, ainda não sabia identificar aquilo como "sentimento de dívida", então o guardava em silêncio dentro de mim.

No fim, sem conseguir dizer o que realmente queria, chegamos à loja de *wagashi*.

Ela tirou da geladeira uma camada de massa e montou o bolo de chantilly que meu irmão tanto queria. Era fascinante: um pão que não era seco. Se mergulhasse o garfo num pedaço grande e desse uma mordida, ele encolhia na boca num instante!

— Tá gostoso?

— Tá sim!

— Experimentem estes também.

A mulher abriu a geladeira mais uma vez e trouxe marshmallows e tiramissu. Não foram feitos por ela — tinham sido comprados no mercado —, mas eram exatamente aquilo que eu só havia ousado imaginar.

— Sabem, eu tenho poderes espirituais. Por isso consigo espiar o que tem no coração de vocês.

— Você é um fantasma?

— Hahaha! Fantasma? Que ideia...

Uma pessoa que tinha o dom secreto de nos alegrar. Mesmo sem o Rudolph, ela era a Mamãe Noel do nosso mundo.

Owol e eu nos esbaldamos com as guloseimas que nunca tínhamos provado. Eram sabores tão especiais que, com o passar do tempo, com certeza deixariam a tal "saudade". Entre um doce e outro, sem conseguir conter a alegria, nos deixávamos ser apenas crianças: gritávamos de empolgação ou nos púnhamos a dançar. Os gestos cômicos de Owol, remexendo os quadris na cadeira enquanto dava uma garfada no tiramissu, fizeram a mulher cair na gargalhada.

— Tem muita coisa doce e feliz no mundo. Não se deixem aprisionar, vivam aproveitando tudo isso.

— A gente tá preso em Hongseoksa?

— Não. Vocês estão crescendo. Se preparando para serem pessoas livres.

— Pessoas livres!

Quando não restava nem uma migalha das sobremesas saboreadas ao som de sua doce voz, nos preparamos para ir embora, batendo nas barriguinhas estufadas. A mulher embrulhou alguns biscoitos veganos, que até os monges poderiam comer, e se aprontou para nos levar de volta ao templo.

— Quero voltar logo pra comer isso aqui tudinho!

Ainda tomado pela empolgação, o *hyeong* escancarou a porta da loja e saiu disparado. Mesmo depois de um dia inteiro de diversão, a euforia de uma criança não se dissipava tão facilmente. Owol disse estar ansioso para entregar os biscoitos logo e propôs uma corrida. Sem pensar duas vezes, disparei atrás dele em direção a Hongseoksa. Lá atrás, a mulher nos chamou de volta, pedindo que fôssemos juntos, mas não demos ouvidos.

Era fim da tarde, quando o mundo inteiro se cobria de um manto de seda carmesim enquanto o sol se despedia com um beijo caloroso, deixando as bochechas coradas. Arrebatado pela beleza do céu além da janela, um taxista dirigia em nossa direção, distraído.

— Meninos, esperem!

Senti, então, o impacto de uma enorme massa de ferro fundido contra mim. Meu corpo e o de Owol foram arremessados no ar ao mesmo tempo. Não foi um voo nada divertido.

— Sawol! Owol!

Ouvi um baque surdo. Algo vermelho e úmido começou a escorrer da minha cabeça. Os biscoitos estavam despedaçados e espalhados no chão. Eram para os monges...

Enquanto caíamos, nossos olhos se encontraram no ar. A última coisa que vi foi o rosto de Owol. Seus olhos ainda abertos.

Retirei a mão do guizo, num gesto apressado. Então Sawol começou a me contar o que aconteceu depois.

O acidente deixou as crianças à beira da morte. Ao presenciar a cena, vovó, na tentativa de salvá-los, infundiu neles seu poder divino para impedir que as almas deixassem seus corpos. Foi por um fio, mas os irmãos sobreviveram. Por um bom tempo, sofreram com as sequelas — até que, enfim, se recuperaram. O poder divino que lhes foi transferido no acidente fez de Sawol um xamã. Seu irmão, por outro lado, recusou esse destino e, assim que atingiu a maioridade e se tornou independente, partiu para o exterior.

— O problema foi o que veio depois do acidente. Já ouviu falar que a vida e a morte são como pesos em uma balança? Pra essa balança não ficar desequilibrada, se alguém vive, outro deve morrer. Ao salvar a mim e ao meu irmão, que estávamos destinados a morrer, sua avó sofreu a punição de perder outras duas vidas. Também em um acidente de carro.

— Não pode ser...

Sawol tirou uma foto de dentro da carteira, guardada no bolso. A foto era minha, tirada pela vovó quando eu era criança.

— Sempre vivi com essa sensação de estar em dívida. Então, quando sua avó me pediu para cuidar de você, pela primeira vez senti meu coração um pouco mais leve. Eu esperava por isso há um tempão. Pela chance de retribuir a graça que recebi...

Desde que entendeu que meus pais haviam morrido no lugar dele e do irmão, Sawol passou a viver atormentado pela culpa. Minha avó também carregou esse fardo até o fim da vida, sofrendo com a consciência de que sua decisão impulsiva custara a vida da própria filha e do genro. Será que, por causa desse peso tão grande, ela nunca conseguiu me contar a verdade sobre a morte dos meus pais — nem mesmo quando estava prestes a partir?

Eu estava confusa. Meus pais tinham morrido... por causa de Sawol e do irmão dele? Por um instante, senti ódio do homem parado à minha frente.

— Me desculpa por não ter contado antes.

— Como pode isso...?

Pensar que tudo o que Sawol fez por mim até aquele momento era o preço pago pela vida dos meus pais me dava calafrios. Ao mesmo tempo, não conseguia odiá-lo de verdade: ele também era uma vítima dessa tragédia. Não foi escolha dele evitar a morte. Não tinha culpa. Mas, então, quem se responsabilizaria pela morte injusta dos meus pais? E por toda a perda, ausência e falta que senti por tanto tempo?

— Vou descer primeiro.

Encará-lo era angustiante, então virei as costas rapidamente. Sawol tentou me segurar, mas eu não queria mais falar com ele.

— Yeonhwa, por favor... Não odeie tanto sua avó...

Eu não queria nem ouvir. Simplesmente juntei o pó de pedra que tinha extraído e as ferramentas, então desci a montanha como quem foge.

De volta à Hwawoldang, ainda atordoada, limitei-me a mexer na pasta de feijão-vermelho.

Como o monge tinha dito, o passo a passo para moer, lavar e refinar o pó de pedra até que se tornasse comestível estava no livro de receitas. Diante dos meus olhos, só havia letras. O único movimento vinha das minhas mãos, misturando a pasta de feijão com o pó de pedra. Meu coração permanecia inerte, incapaz de lidar com qualquer outra coisa. Era como se eu tivesse me transformado numa máquina.

De fato, o pó de pedra reagiu com a pasta escura, adquirindo uma coloração vermelha. Finalmente, consegui recriar o *yokan* vermelho de castanha, o prato assinatura da Hwawoldang. Mas não me senti feliz. Depois de ser soterrada por uma avalanche de emoções, tudo em mim parecia anestesiado. Embalei os *yokan* e fiquei parada, só esperando o cliente vir buscá-los. Não conseguia fazer mais nada.

— Miaaau.

Perto da meia-noite, o gato preto apareceu. Ajoelhei-me diante dele e entreguei a embalagem contendo o pedido. O animal não se moveu. Ficou ali, parado, me observando em silêncio.

— Enquanto fazia isso, acabei descobrindo uma verdade pesada demais para carregar.

Era melhor não ter perguntado. No fim das contas, talvez a ignorância fosse mesmo uma bênção. Tudo o que me restava era um passado difícil de suportar. E uma vez que eu sabia a verdade, nada mais podia ser mudado. Talvez fosse melhor se vovó tivesse me contado tudo quando eu era criança. Se ela tivesse me dado tempo para enfrentar aquilo, talvez no presente eu já teria deixado esse peso para trás. No turbilhão de sentimentos, o que emergiu foi o ressentimento. No fim, todas as minhas perdas eram culpa da vovó?

— Miaaaauuu.

Como se quisesse me consolar, o gato encostou de leve a cabeça no meu pé.

— Não consigo entender...

Mesmo que meu coração estivesse enterrado a sete palmos, talvez não me sentisse tão sufocada quanto naquele momento. Eu respirava, mas o ar parecia não chegar aos meus pulmões. Inclinei a cabeça, soltando um longo suspiro. Então, uma luz intensa irrompeu do corpo do gato — e, diante dos meus olhos, ele assumiu a forma de um ser humano.

— Tem passado bem? — disse uma figura agachada na mesma posição que eu, segurando o *yokan*. A verdadeira identidade do gato não era outra senão minha avó. — Agora você sabe de tudo.

A aparição repentina dela me pegou de surpresa, mas, em questão de segundos, o ressentimento assumiu o controle.

— Por quê? Por que fez aquilo?

— Eu só queria salvar duas crianças que estavam morrendo. Jamais imaginei que esse desejo teria um desfecho como aquele. Fiz o meu melhor para criar você, a única que o destino deixou para trás, mas nunca consegui revelar a verdade, e carreguei essa culpa até o túmulo. Sinto muito, de verdade...

— Meus pais não tinham culpa de nada... Não quero aceitar isso! Por que tive que esperar tanto tempo para saber a verdade? Por que nunca me contou nada? Nem uma vez?

— Eu tive medo.

Os olhos escuros da vovó tremiam de um jeito que eu nunca tinha visto. Aquilo não era um pretexto, tampouco uma encenação de fragilidade para amenizar a situação.

Medo. Palavra curta demais para o peso que carrega — e que, em mim, despertou um furacão silencioso. A vovó que eu guardava na memória estava muito distante de qualquer temor. "Medo" sempre pareceu uma palavra mais minha do que dela. Eu, que engoli tantas perguntas porque não queria ser rejeitada, especialmente por ela. Vovó sempre foi uma pessoa difícil para mim, alguém que nunca abriu o coração. Era uma mulher que se mantinha distante, cheia de segredos. E, no entanto, agora eu via — ela também sentia medo, tanto quanto eu. E isso... não era fácil de assimilar.

— Fugi disso por tanto tempo... Por puro egoísmo. E só depois da minha morte você descobriu, e ainda assim pela boca de outra pessoa. Pode me odiar o quanto quiser. Não tenho como me defender. Só posso dizer que lamento muito.

— Foi por isso que nunca conseguiu se aproximar de mim durante a vida toda?

— Eu tinha muito medo de que minha neta me odiasse.

— Ah, vovó...

No fundo, éramos iguais. No instante em que senti empatia por aquela morta — que, afinal, não era tão forte quanto eu pensava —, percebi que já não podia mais feri-la com a lança afiada do ressentimento. Como eu poderia atravessar, rasgar e cortar alguém tão parecido comigo?

— Se tivesse me contado antes, nossa vida teria sido diferente.

— Eu sei. Mas algumas pessoas nascem incapazes de expressar seus verdadeiros sentimentos. Eu vivi esperando o momento em que isso ia mudar em mim... No fim, só consegui depois de morta. Por esse motivo, Yeonhwa, espero que não viva como eu vivi. — Vovó hesitou por um momento, mas então me envolveu em seus braços. Mesmo já tendo morrido, o calor que um dia senti nela ainda permanecia em seu abraço. — Yeonhwa, torne-se alguém que saiba escutar, antes de tudo, o coração daqueles que não conseguem se expressar. Eu falhei... mas acredito que você vai conseguir.

Era como se o rosto envelhecido da vovó fosse o meu. E o arrependimento nele, algo que eu também conhecia.

Ela tirou um pequeno espelho da manga de seu *hanbok* branco. No reflexo, vi mamãe e papai sorrindo — com o rosto iluminado, jovens, exatamente como eram em vida. Mas, de alguma forma, não parecia apenas uma lembrança distante.

— Estamos vivendo no céu, recebendo os mortos. E seus pais... só querem que você seja feliz.

— Você também quer que eu seja feliz, vovó?

— Mas é claro.

Será que ela tinha sacrificado até mesmo a própria morte, convertendo-a num longo ritual de espera, só para me dizer isso? Sempre me ressenti dos segredos que me cercavam, mas naquele momento percebia que, por trás de cada um deles, havia um rosto e uma ternura silenciosa. Enquanto as palavras da vovó ainda ecoavam dentro de mim, pensei em todos os dias em que não fui capaz de acolher os outros.

Era meia-noite. A hora em que os mortos se preparavam para deixar a Hwawoldang. No céu, a lua brilhante parecia querer inspirar a compaixão dos vivos.

No fim, tudo isso era inevitável. Minha avó pedindo meu perdão. E eu a perdoando. Todo o caminho para superar a mágoa e o rancor parecia ter sido preparado pelo destino para este dia. Assenti com a cabeça para aquela que, em vida, não conseguiu me acolher completamente. Nem tudo precisa ser compreendido para que a gente consiga dizer adeus. Bastava a pequena e singela coragem de abraçar até mesmo os medos de alguém para que eu pudesse assentir.

Segurei a mão da minha avó.

— Obrigada... de verdade.

Só depois de receber meu perdão que vovó fez uma leve reverência, o rosto tranquilo. Percebendo que aquela era nossa última despedida, fechei os olhos e fiz uma prece silenciosa. Que não haja tristeza em seus passos ao deixar esta terra. Que, embora nos tenham faltado palavras calorosas durante sua vida, a saudade que viesse fosse carregada de calor.

— Adeus, vovó. Vá em paz.

— Yeonhwa, viva bem daqui em diante. Todos os mortos que se lembram de você rezam pela sua felicidade.

Vovó se dissolveu em uma grande nuvem de fumaça e se deixou levar pelo vento, mal mantendo a própria forma enquanto partia. "Viva bem" se tornou nosso último adeus. Foi o ponto-final de todas as perguntas e esperas. Somente após a morte minha avó se tornou um marco na minha vida — e partiu rumo às estrelas distantes no céu.

Depois de me despedir da visitante inesperada, comecei a preparar o fechamento da loja como de costume. Com o coração um pouco mais leve, peguei um dos poucos *yokan* vermelhos de castanha que ainda restavam e comi. Estava excepcionalmente gostoso. A doçura equilibrada da pasta de feijão, o sabor discreto das castanhas, o aroma característico de floresta vindo do pó de pedra — era um gosto único, que não existia em nenhum outro lugar. Feito com ingredientes imbuídos de uma força misteriosa, o *yokan* acariciava a língua com suavidade, como um toque afetuoso.

Mas como eu havia trazido apenas uma pequena quantidade de pó de pedra, não poderia fazer mais. E uma vez que minha relação com Sawol tinha ficado tensa, voltar a Hongseoksa não seria nada fácil...

— Ainda tá aqui.

Falando no diabo... Sawol abriu a porta de vidro com hesitação e espiou o lado de dentro. Parecia querer retomar a conversa que não terminamos na colina. Mas eu não queria. Com a vovó, consegui encerrar as coisas de forma tranquila, mas isso não se aplicava a Sawol.

— Já fechamos — falei com frieza, fingindo estar ocupada arrumando a loja.

Mesmo desconcertado com minha atitude, ele não foi embora.

— Vim porque queria me desculpar.

Não respondi. Era óbvio que, se respondesse, só ouviria algum pretexto.

— Desculpa por não ter contado tudo desde o começo. Sei que, mesmo que eu peça desculpas dez, cem, mil vezes, isso não vai aliviar o peso no seu coração. Ainda assim, agora, só queria dizer que sinto muito...

Ao contrário do habitual, Sawol parecia retraído, esfregando o rosto com a palma da mão repetidamente. Eu não era uma pessoa dura o suficiente para continuar brava até mesmo quando alguém pedia desculpas sinceras. À medida que o vento frio soprava, a raiva que tinha se inflamado dentro de mim perdeu a força e cedeu, como uma máquina quebrada. Na colina, eu tinha certeza de que o odiava e o via como uma pessoa horrível.

Minha avó e meus pais morreram. No fim, tudo o que restava éramos Sawol, seu irmão e eu. Quem eu deveria culpar por isso? Eu já havia perdoado a vovó... Será que odiar o homem à minha frente aliviaria esse ressentimento?

E depois? Quando todo esse ressentimento se dissipasse, o que restaria? Como eu não consegui encontrar uma resposta por conta própria, Sawol continuou:

— Vivi até agora carregando no coração um pedido de desculpas por essa nova vida que recebi. Sei que nada do que eu faça pode compensar o que você perdeu por minha causa, Yeonhwa. Afinal, a morte não pode ser revertida por nada. Ainda assim, quero fazer por você o que estiver ao meu alcance. Mesmo que não seja equivalente à vida que me foi dada...

— Você é egoísta.

— Talvez eu seja mesmo...

— Você está se desculpando só para aliviar a própria consciência, não é, Sawol?

— Eu só queria proteger o que sua avó construiu aqui, na Hwawoldang...

Cerrei os punhos com força. Antes que pudesse organizar meus pensamentos, as palavras jorraram de uma vez, como o ar escapando violentamente de um balão:

— Eu sou eu! Não sou a neta da minha avó nem alguém que herdou a Hwawoldang! *Eu* sou *eu*!

Assim que aquilo saiu da minha boca, percebi que não era dirigido a Sawol. Nem à vovó. E tampouco aos meus falecidos pais. Era algo que eu precisava dizer à Yeonhwa encolhida dentro de mim. As correntes que me prendiam nunca vieram de fora. Estavam, o tempo todo, no meu interior.

Sempre quis ser eu mesma. Viver para realizar a vontade de outra pessoa ou para ajudar os outros não era a vida que eu realmente desejava. Encontrar recompensa ou alegria nisso podia até ter valor, mas, enquanto eu não encontrasse quem era de verdade, nada disso teria real significado. O silêncio da vovó não deixou apenas um espaço em branco acerca da morte dos meus pais. Privada do diálogo com a pessoa mais próxima de mim, o caminho que eu deveria trilhar para descobrir meu verdadeiro eu também se apagou.

Um vazio que precisaria ser preenchido por toda a minha vida adulta. Só de pensar nisso, já me parecia penoso demais. Como eu poderia carregar o peso da vida de outra pessoa se mal conseguia sustentar a minha?

— Vai embora. Já está tarde.

Empurrei Sawol porta afora. Será que expulsá-lo faria meu coração sossegar? Mesmo sendo expulso, ele não tirou os olhos de mim.

— Eu sei.

— Sabe o quê?

— Eu sempre vi você como você mesma, Yeonhwa.

— Mas acabou de dizer que queria proteger o legado da minha avó na Hwawoldang.

Levantei a cabeça e lhe lancei um olhar afiado. Queria que ele soubesse que não estava ali, no meio da noite, só para ouvir palavras bonitas.

— É claro que quero proteger isso. O esforço da sua avó também. Mas quem está aqui, na Hwawoldang, é você, Yeonhwa. E eu sei muito bem disso.

— Para de ficar repetindo a mesma coisa várias vezes.

— Então por que, mesmo repetindo a mesma coisa tantas vezes, você ainda não entende? — Sawol tirou do bolso um saquinho plástico contendo pó de pedra e me estendeu. Provavelmente, depois que desci a colina, ele ficou sozinho no penhasco até tarde, coletando aquele pó... — O que eu quero é continuar ao seu lado, Yeonhwa, ajudando você. Pode parecer egoísmo, como se eu dissesse isso por mim, mas...

vivi até agora para estar ao seu lado. Honrar a vontade da Hwawoldang e preservar os esforços da sua avó... tudo isso faz parte de estar aqui por você, que é a prioridade da minha vida. — O luar límpido enchia os olhos dele. Havia um brilho ali, uma vitalidade que jamais se veria nos olhos de um morto. Ele prosseguiu: — Daqui pra frente, quero ser alguém que responde às suas perguntas. Me dá uma chance, Yeonhwa.

Sempre achei que vivia somente pelos outros, e que ninguém nunca me daria as respostas que eu buscava. Mas Sawol queria ser a exceção — alguém que dizia querer viver para me dar essas respostas. E, no instante em que ele me chamou, dizendo que ficaria ao meu lado neste mundo errante e solitário, meu nome floresceu como um belo verso de um poema.* As palavras dele soaram como uma promessa: a de que, dali em diante, eu nunca mais estaria sozinha. Minha vida parecia despertar, espreguiçando-se e se abrindo para algo maior.

Sawol entrou novamente na Hwawoldang, foi até o balcão e se agachou, erguendo uma parte do assoalho que costumava ranger mais do que o resto. Ali embaixo, havia um compartimento secreto e, dentro dele, uma pequena caixa trancada com chave. Sawol assentiu em minha direção.

— Chegou a hora. Você merece receber tudo.

Coloquei minha mão sobre a dele, entregando-lhe meu pequeno mundo. E foi só então que ele se tornou meu companheiro.

* Em caracteres chineses, "Yeonhwa" (蓮花), ou "flor de lótus", traz um forte simbolismo junto ao budismo, representando renascimento justamente por florescer em situações adversas. Também está vinculado à capacidade de iluminação que os Budas têm de passar adiante palavras de purificação espiritual e mudanças. (N. E.)

7

Epílogo

Depois que entreguei à vovó o *yokan* vermelho de castanha, as visitas dos mortos diminuíram consideravelmente. Sawol supunha que, com a iluminação espiritual dela, o poder divino da Hwawoldang tivesse enfraquecido, levando-os a procurar outras lojas. O importante era que, em algum lugar deste mundo, ainda existiam lojas misteriosas que ajudavam os mortos a alcançar a iluminação.

Com menos clientes falecidos, diminuíram também os pertences entregues ao templo Hongseoksa, e a confeitaria passou a travar uma verdadeira batalha mensal para cobrir os custos operacionais. Ainda assim, não consegui desistir da Hwawoldang, um lugar tão significativo para mim, e passei a abrir a loja pela manhã, começando os negócios para valer. No fim das contas, virei uma autônoma de verdade! Graças a isso, o número de clientes aumentou bastante. Clientes vivos, é claro.

— Não tem mais o conjunto com cinco *yokan* vermelhos de castanha?

— Sinto muito, vendemos tudo mais cedo.

— É mesmo tão popular quanto dizem. Já é a terceira vez que venho aqui!

— Gostaria de fazer uma reserva? Os *yokan* saem todos os dias às onze da manhã.

O *yokan* vermelho de castanha, carro-chefe da Hwawoldang, ficou famoso entre o público na faixa dos vinte aos trinta anos graças ao boca a boca no Instagram. Eu ainda estranhava a loja abarrotada de gente, mas vê-la repleta da energia vibrante da juventude em vez da presença dos mortos não era nada mal. Se estivesse vendo essa cena lá do céu, acho que vovó iria gostar.

— Sawol, preciso que colete mais cem gramas de pó de pedra até amanhã.

— De novo? Por que não manda logo arrancar o penhasco inteiro?

— Quer ficar sem salário?

— Fui me oferecer pra te ajudar e agora tô aqui, recebendo uma mixaria! Que carma... Me dá um aumento, vai. Quero comprar um desses fones de ouvido que os clientes vivem usando no pescoço.

— Com a dívida que a gente ainda tem? Nem vem!

Coloquei as embalagens nos braços do resmungão do Sawol e mandei que, em vez de reclamar, ele fosse preparar os conjuntos de *wagashi*.

Ah, é mesmo! O tal "o que encontrar lá" que a vovó havia escondido era a escritura de um terreno, guardada na caixa secreta. Entre as heranças que ela não me revelou, estava uma propriedade nos fundos do templo Hongseoksa, recebida no passado como pagamento em vez de dinheiro. O advogado me felicitou, dizendo que seria um ativo muito útil no processo de herança. No entanto, infelizmente, o terreno fora incluído fazia pouco tempo em uma zona de proteção ambiental, o que tornava sua venda impossível no momento. Por isso, a dívida de cem milhões de wons continuava do jeito que estava, e eu precisava me dedicar ao máximo aos negócios da Hwawoldang.

Claro, não desanimei. Minhas habilidades de confeiteira melhoravam a cada dia e, graças aos ingredientes de Sawol, até surgiu o boato de que comer os doces da Hwawoldang trazia sorte. Com a divulgação no Instagram, logo nos tornamos um ponto gastronômico popular na região. Mal saía uma nova leva e já precisávamos colocar a placa de "esgotado" na vitrine. Apesar do caos e da correria, eu estava curtindo a sensação de ser alguém responsável, que faz sua contribuição para a sociedade. Ou melhor: como também pagava o salário de Sawol, acho que estava contribuindo em dobro.

— Então vou deixar encomendado. Como não posso vir amanhã, vou colocar no nome do meu marido. Um conjunto com cinco *yokan* vermelhos de castanha e... ah, por acaso vocês também vendem aquele? — A mulher tentou descrever algum doce, gesticulando com as mãos, como se tivesse esquecido a palavra. Eu me concentrei nos gestos dela. — Como era mesmo? É um que é marrom e meio salgado...

— Marrom e salgado? Seria *dango* de molho de soja?

— Não. Nossa, eu gostava tanto quando era criança, mas agora não consigo lembrar o nome. É redondinho e crocante...

Enquanto eu ainda tentava desvendar o enigma da mulher, a porta da frente se abriu e Iryeong apareceu carregando uma sacola de compras. Como eu sabia que ela tiraria meio período de folga naquela manhã, pedi para me fazer um favor. Dentro da sacola estavam as coisas que eu, distraída, acabei esquecendo em casa.

— Aff, só você mesmo! Me fazendo de entregadora no meu precioso dia de folga!

Minha amiga rangeu os dentes e me lançou um olhar feroz, como se fosse me devorar viva. Respondi com um sorriso brincalhão. Enquanto isso, a cliente ainda tentava lembrar o nome do doce.

— Desculpa! É que eu queria pendurar como peça de decoração, mas vivo me esquecendo de trazer.

O que pedi foi o vestido de hortênsias deixado pela primeira morta. Aquele que o monge de Hongseoksa devolvera, dizendo que ainda não havia cumprido seu propósito. Desde que tinha começado a abrir a loja pela manhã, decidi pendurar a peça de roupa na parede como um símbolo discreto das histórias que a Hwawoldang já acolheu. Porém, entre uma coisa e outra, acabei me esquecendo de pegá-lo antes de sair de casa mais de uma vez... até aquele dia.

Enquanto eu procurava um lugar para pendurar o vestido, a mulher finalmente pareceu se lembrar do nome e levantou o indicador. Havia uma pintinha vermelha em seu dedo.

— *Senbei*! Era *senbei*! Hã? — Então esse era o dia... o dia em que o objeto, enfim, realizaria seu propósito. — Dona... esse vestido, por acaso...

Estendi-o para a mulher. Seu rosto, fitando as hortênsias que floresciam no tecido, era uma mistura de surpresa e tristeza. Percebendo a situação, Sawol juntou as mãos discretamente atrás da cliente e fez uma prece silenciosa. Por um instante, a movimentada Hwawoldang se encheu de uma corrente suave de paz e serenidade.

— Como isso veio parar aqui...?

— Não é um item à venda, mas se gostou, pode levar.

A vovó tinha razão. Por mais que a vida se vá, os laços não desaparecem. E é por isso que, no último momento, sempre nos despedimos com um sorriso. No fim, um laço é algo que, ainda que se rompa e dê voltas, nunca se desfaz por completo. Hwawoldang, a confeitaria situada entre o mundo dos vivos e dos mortos... Agradeci pelos novos laços que formei ali e segurei firme a mão da mulher.

— Ela só quer que você seja feliz. Sempre.

Escaneie o QR code para ver um
vídeo exclusivo da autora

TIPOGRAFIA Adriane por Marconi Lima
DIAGRAMAÇÃO Osmane Garcia Filho
PAPEL Pólen Natural, Suzano S.A.
IMPRESSÃO Gráfica Bartira, setembro de 2025